가시없는 장미

가시없는 장미

초판 1쇄 인쇄일 2014년 06월 23일
초판 1쇄 발행일 2014년 06월 27일

지은이 한규원
펴낸이 양옥매
디자인 신지현

펴낸곳 도서출판 책과나무
출판등록 제2012-000376
주소 서울특별시 마포구 월드컵북로 44길 37 천지빌딩 3층
대표전화 02.372.1537 **팩스** 02.372.1538
이메일 booknamu2007@naver.com
홈페이지 www.booknamu.com
ISBN 979-11-85609-49-2 (03810)

이 도서의 국립중앙도서관 출판시도서목록(CIP)은 서지정보유통지원 시스템 홈페이지(http://seoji.nl.go.kr)와 국가자료공동목록시스템 (http://www.nl.go.kr/kolisnet)에서 이용하실 수 있습니다.
(CIP제어번호 :CIP2014018742)

*저작권법에 의해 보호를 받는 저작물이므로 저자와 출판사의 동의 없이 내용의 일부를 인용하거나 발췌하는 것을 금합니다.

*파손된 책은 구입처에서 교환해 드립니다.

가시없는 장미

한규원 에세이

책과나무

*

목차

1부

살아가는 이야기

손만 잡고 들어갔던 것이

햇빛이 제일 먼저 벌판으로 파도처럼 밀려오는 동네에 복이 덩굴째 들어오는 복스러운 여자아이로 태어났다. 때는 바야흐로 1960년대.

보릿고개란 말을 가끔 들었던 시대에 가난을 벗 삼아 살았고, 200여 가구 되는 동네에 초등학교는 4킬로미터나 떨어진 곳에 있었다. 학교를 가려면 어린 나이에 가까운 거리는 아니었다. 조그만 발로 한 40분 정도. 노래도 흥얼거리고 돌멩이도 톡톡 차며 지나다가 못 보던 풀꽃도 만지고 물 흐르는 논길도 지나 언덕을 오르면 초등학교가 휘둥그레 보인다.

6년을 마치고 8~10킬로미터가 되는 논산 시내로 하얀 교복 상의에 검정 치마를 두르고, 버스가 다니는 도로까지 나오는 길도 멀었다. 훤칠한 키에 날씬한 나였기에 걸어 나오는 길에 동네 오빠들이 힐끔힐끔 쳐다보고 지나치기도 하고 아는 체도 한다.

시내까지는 비포장도로인데다 동네 몇 군데 학생들을 태우다 보니 버스 안은 콩나물시루나 다름없었다. 교통편이 그것밖에 없어서 별 묘책이 없었고, 가끔은 버스비도 없어서 무작정 걸어서 등교하면 지각도 여러 차례. 지각은 그 당시에 자주 있었던 것으로 기억된다.

학교를 마치고 어느덧 어엿한 아가씨로 성장했다.

그 당시 시골에선 농사 외에는 할 일이 나에게는 없었다. 옷 몇 점과 필요한 생필품만 챙기고 들뜬 마음으로 언니가 사는 대전에 몸과 마음을 내려놓았다.

대전만 해도 큰 도시임을 증명이라도 하듯 큰 건물이 눈에 많이 들어왔다. 방직업이 활성화된 시기라, 크게 굴뚝이 보이는 곳에는 무슨 방직이라고 대문짝만 하게 적혀 있었다. 따라서 봉제공장도 많았다.

나의 시련은 여기부터인지도 모른다. 언니의 손에 이끌려 간 곳이 산업전선 봉제공장. 나는 그곳에서 공순이로 일하게 되었다. 이력서도 미모도 키도 성격도 보지 않고, 일만 잘하면 되는 곳이었다.

사방이 꽉 막힌 지하. 장시간 노동에 나의 체질에는 동떨어진 직업이라 생각했다. 협소한 공간, 틀에 박힌 생활은 도저히 맞지 않아, 점점 '여기서 벗어나야지!' 하는 생각이 콩나물시루에 우후죽순 싹이 올라오듯 커져가고 있었다.

이제나 저제나 머릿속에는 기회를 엿보고 어디론가 튈 생각으로 가득 차 있었다.

막상 떠나려 하니 용기가 나지 않았는데, 그동안 직장 생활에서 푼푼히 모아 놓은 게 호주머니에 머니가 두둑해져 있다는 느낌이 왔다.

가자, 가자! 어디론가 혼자 있는 세상으로!

대전에서 멀리 있는 곳으로 향하여 고속버스에 몸을 맡긴 채 다다른 곳이 경상북도 김천. 듣지도 보지도 않은 처음 와 본 것이었다. 막막했다. 나는 일단 혼자 있을 숙소를 잡아 마냥 한껏 쉬자는 마음이 들었다. 쉰 다음에 생각해 보자고 말이다.

시내라 하더라도 시골 내음이 짙게 깔려 촌티를 벗어나지 못한 나와 흡사했다. 내가 머물러 수양을 쌓든 혹은 휴식을 갖다 보면, 더 좋은 일이 생길 거라는 믿음으로 버텨 보자는 것이 수개월이 흘렀을까. 이웃집도 동네에서도 쳐다보는 눈초리가 이상했다.

원숙하고 모델처럼 생긴 아가씨가 하는 일 없이 동네를 배회하면서 총각들의 가슴만 벌렁거리게 하고, 나이 드신 어른들은 며느리라도 삼아 볼까 침을 삼키게 쑤셔 놓고, 다시 상경해야 했다.

그래도 하는 일은 없어도 마음의 안식은 찾은 것 같다.

집안에서 제일 무서운 사람은 큰오빠도 아니고, 큰언니도 아닌, 둘째 언니의 불호령이다. 김천시내 말동무도 생기고, 고충을 편

하게 내려놓았던 고향 같은 곳을 떠나는 발걸음이 친근민근이었
다. 잠깐 살았지만 따뜻한 관심과 배려를 잊을 수가 없었다.

논산에서 떠나올 때처럼 옷과 생필품만 챙겨 삶의 현장, 대전으
로 왔다. 언니가 예전 같지 않고 부드럽고 밝게 맞아 주고, 예전
에 생각하지도 못했던 맛있는 음식을 차려 주었다. 난 뭔가 개운
하지 않은 생각이 뇌리를 스쳐가고, 고민에 고민을 더해 가고 있
었다.

음식도 목에서 멈추고 온통 생각을 하고 있는데, 언니 왈

"내가 앞으로 직장에 나가라 안 하고 싫은 소리도 안 할 테니 다른
데 가지 말고 언니랑 같이 지내자."

라고 했다.

그렇게 하는 데는 이유가 있었다. 언니하고 친구인 그분 조카가
미남인데다 가진 것도 많고 사업수단도 좋아, 만일 결혼을 하게
된다면 잘 살 거라는 부동산 중개소의 말에 내가 딱 걸려든 셈이다.
아니나 다를까. 다음 주에 선을 보자, 언니는 좋아서인지 연타래
풀리듯 줄줄이 그쪽 얘기를 늘어놓는다.

장황하게 얘기 하는 사이, 난 속으로

'결혼을 생각했으면 내가 좋아했던 그 오빠를 지금에라도 찾아 나
서지. 잘생기고 키도 크고 달리기도 잘하고, 99% 내 맘을 흔들어
놓았는데…… 지금이라도 찾아 나설까? 어디에서 무엇을 하는지
동네 가서 알아보면 알 수 있을 텐데…….'

그러나 생각은 여기서 멈추고 말았다.

언니의 불호령 소리에 놀라 언니의 남은 얘기 듣고 언니 성화에 한 번은 보자고 마음을 굳혔다. 선 볼 날짜가 왜 그렇게 시계 초침 소리보다도 빨리 오는지……

결국 선 보는 날이 돌아왔다.

단 한 번으로 NG를 만들기 위해 수수한 평상 차림에 화장도 하지 않았다. 먼저 도착해서 자리를 잡고 10분이 흘렀을까. 그가 도착했다. 키는 크지 않지만, 통통하고 활기가 넘치는 인상이었다.

그는 자리에 앉아 통성명을 하기도 전에 용감무쌍하게 내 손을 붙들고 다방에서 끌어내 근처 호프집으로 향했다. 언니와 언니 친구한테 뒤태만 보이고 아무런 말도 전하지 못하는 경우가 아닌 우례를 범한 것이다.

'뭐 이런 사람이 있어? 상대방 말이나 생각은 들어 보지도 않고……'

돌발행동은 속으로 용납되지 않아 차후에 어떻게 할 것인지 생각해 두었다.

그런데 알고 보니, 맞선 보는 자리에서 그렇게 행동한 것은 언니와 언니 친구의 미리 계획된 전술을 조카한테 전수시켜 행동으로 옮기게 한 것이었다. 내가 착하기는 한데, 까칠하고 어지간해서는 당할 재간이 없으니 험하게 다뤄야 넘어온다는 것을 캐치한 것이다.

호프집에 짓누르듯 앉혀 놓고는 다짜고짜 생맥주 두 잔을 시켜 놓고 하는 말이, 한눈에 마음이 쏙 든다고 결혼해 줘야 한다는 것이다. 아니, 아닌 밤중에 홍두깨지, 이쪽에서는 아무런 생각조차 하지 않고 있거늘 한 술 더 떠서 결혼날짜까지 잡자는 것이었다. 떡 본 김에 제사 지내려 하나? 성질도 급하시지…….

맥주는 탁자 위에 놓인 채 거품을 내며 울고 있다. 어쩌면 내 신세와 다를 바 없었다. 거기서 나가려 하니 붙잡고 놓아 주지를 않는다. 씨름선수마냥 힘이 장사였다.

그러기를 몇 번이나 반복하다가 약속을 했다. 다음에 또 만나기로 하고 뛰쳐나왔다.

그 다음날. 전화해도 받지 않고 집에 찾아와도 만나 주지 않으니까 언니와 언니 친구는 정치공세에 들어갔다. 재산도 많고 집도 5층 단독주택에다 직장도 번듯하고 사람 착하고 성실한데, 복에 겨운 거냐며, 네가 잘난 게 뭐있냐는 식의 인신공격을 서슴지 않는 말을 조석으로 듣고, 언니 눈에 띌 때마다 듣고 나니 생각이 깊어졌다.

나란 사람도 퍽 내세울 게 없는 것이 사실이고, 어디 직장 다니며 수익이 있는 것도 아니고…… 동남아 인생인 것, 맞다.

하지만 나의 눈도 예리하고 사람 볼 줄 아는데, 왜 나의 의견은

무시할까? 언니하고 나이 차이가 많이 나니까 나를 아직 어리게 보는 게 분명하다.

얼마 뒤, 한 통의 편지가 왔다. 5~6장 되는 것에는 나 아니면 결혼하지 않는다든지, 본인의 마음을 단번에 사로잡았고 바랐던 좋은 인상이며 결혼해 주면 절대로 고생시키지 않겠다는 맹세문도 덧붙였다. 좋은 말은 모두 수집해서 써 놓은 장문의 수필집이었다. 읽고 난 다음의 수없는 세뇌교육이 한몫했다. 내가 바뀌고 있었다. 성실하다지, 기본적으로 된 사람 같아, 좋아하는 마음이 조금씩 싹터 올랐다.

두 언니들은 때는 이때다 싶어 서둘러 결혼 날짜와 장소를 잡아 일방적으로 통보해 왔다.

속전속결 여름 뙤약볕이 대지 위에 굴러가듯 시간은 훌쩍 흘러 예식장 문턱을 향해 무거운 발걸음은 착잡한 마음으로 들어섰다.

예식은 시작되었다. 신부대기실에서 식장까지 한 걸음 한 걸음 걸을 때마다 '이것은 아닌데.……' 하는 무엇인가 개운치 않은 생각이 먹구름처럼 스치며 안타까워하고 있었다.

저만치에서 새신랑이 오고 있었다. 주위에서는 웅성댔다. 돈이 있는 집이다 보니까 저렇게 예쁜 미인을 얻었네, 어떤 사람은 시집살이 호될 텐데, 또 둘째아들은 어머니하면 꿈뻑 죽는다고도 하고…… 갖가지 뒤숭숭한 잡음이 가득해진 사이, 나의 곱던 손은 어느새 새신랑 손에 자석처럼 붙들려 전진하고 있었다.

예식을 치르는 내내 동네에 살던 오빠와 백년가약을 맺으려 했는데 뭘 하고 있는지, 나 자신이 미웠다. 예식 마치고 떠나는 여행길에도 그 누구, 심지어 신랑 하고도 눈을 마주치지 않았다. 냉가슴만 끌어안고 벙어리가 되었다. 워낙 대응을 안 하니까 같이 꿀 먹은 벙어리로 숙소에 닿았다.

첫날밤도 꾸어다 놓은 보리자루 마냥 한쪽에 쪼그리고 앉아 창밖을 쳐다보고 있는 나 자신이 한숨덩어리였고, 밤하늘은 대변이라도 하듯이 까만 숯덩이였다.

여행지에서 아무 일 없이 귀환했다. 난 안도의 한숨을 집안에 풀어 놓고 세상모르게 잠자리에 들었다. 신랑은 여행지에서 행사를 못해 잔뜩 토라져 있었는데, 집에 도착해 어머니를 뵙더니 어린아이로 돌변했다.

두 분이서 얼마나 얘기했을까. 밤이 깊어지자, 신랑이 밤손님으로 슬그머니 들어봐 나를 덮쳤다. 그 이후로는 밤이 되면 경계근무에 신랑의 접근을 막다가 방 안에서 따로 자는 것은 허락했다.

그나마 부부의 사랑이 움트는 것을 시어머니가 애초에 싹을 잘라내는가 싶었다. 둘이 한시라도 같이 있는 꼴을 못 본 것이다. 아들은 어머니가 죽으라면 죽는 시늉까지 할 모양새다. 밤이면 밤마다 성가시게 남편을 불러내도 그 뜻 받들고, 이제 내 근처에도 오지 않는다. 내 생각으로는 이해가 안 돼, 머리에서 오해까지 싹

트고 있었다.

그렇지 않아도 정과 사랑이 한 치 반도 안 되는데, 하늘이 맺어 준 인연인가! 단 한 번의 행사로 떡하니 임신이 되었으니 이젠 어쩌겠소. 싫든 좋든 애 아빠가 되는 건데, 이왕 이렇게 된 것 잘 낳아서 잘 키워 보자고 마음을 다잡아 보고 살아 보겠노라고 하늘을 향해 기도했다.

남편이 직장에 나가면, 집안 청소와 음식을 만들고 빨래를 했다. 그리고 나면 시간의 여유가 생겨 방 안에서 나만의 시간을 가지려고 하면, 시어머니의 심술통이 발동을 한다.

"애_야, 뭐하냐?"

하고 부르신다.

뒤꽁무니를 졸졸 따라다니며 해야 할 일들을 귀담아 듣고, 그대로 해야 한다. 5층 건물의 유리창 닦기, 계단 청소, 오물 주위의 잡초 뽑는 일 등 일이 태산이다. 그 건물 안에는 형님도 살고, 시누도 살고 있는 대가족이다. 그런데 나한테만 유독 힘들게 한다. 왜 그러는지를 도무지 모르겠다. 곰곰이 생각했다.

손 위 형님은 슬하에 딸을 둘 두고 있다. 그 형님도 아들을 못 낳아 구박을 많이 받아 오던 것을 나한테 옮겨온 듯하다. 그동안 시어머니가 힘들게 했던 부분을 남편한테 고하면 받아지려나, 임신한 사실을 얘기하면 좋아하려나, 괜한 생각까지 온 천지를 누비게 한다.

하루에 열두 번이 아닌 수없이 생각하는 갈대가 아니라 여자로 일반 상식으로는 소통되지 않는 4차원 속에 있는 것 같아, 현명한 내가 적응을 해나가면서 바로 잡아가야겠다고 또 한 번 다짐에 꼬리를 잡는다.

저녁 늦게 남편이 들어오는 것을 현관에서 반갑게 맞이했다.
"수고하셨어요."
안방에 들어서기 전, 세면장으로 안내하는 손을 뿌리치고 대충 탈의를 하고 침실로 들어가 몸을 눕혔다. 처음에는 피곤해서 그러는가 했다. 아니다. 습관인 것이다.
한 십여 분 지났을까. 80cc 오토바이 시동 거는 소리가 천장에 붙었다 떨어졌다 한다. 그러니 곤히 자는 사람을 깨워 얘기할 수도 없고, 며칠이 지나서야 말문을 열었다.
"저-어 임신했어요."
어렵사리 조심스럽게 말을 했다. 생각했던 것보다 남편은 무척이나 좋아서 바로 시어머니한테 달려가 얘기할 판이었다. 얼른 옷소매를 붙잡고 애 낳을 때까지 비밀로 해달라고 했다. 아직 신혼이라서 그런지 내 말을 잘 들어주었다. 이제는 사는 재미가 솔솔, 향기가 방안에 조금씩 채워져 가고 있었다.
형님네 집에서 시어머니가 내려오셔서 아침 밥상에 마주 앉아 식사를 하게 되었는데, 입덧이 심했을 때라 감추기가 쉽지 않았다.

모든 음식에서 나는 냄새가 괴롭혀 헛구역질을 밥 먹듯 했다.

그 자리에 머물러 있으면 들킬까 봐 피해 있으니까 오라고 재촉했다. 몇 번 불러도 "알았어요." 하면서 시간을 끄는 사이, 남편이 기어코 일을 만들고 말았다.

시어머니가

"얘가 왜 그러니?"

하고 되물으니까, 내가 당부한 말은 잊어버리고

"애 가졌어요."

하는 흐뭇한 표정, 자신 있는 표정.

그런데 시어머니는 표정이 굳어 있었다. 큰집에는 딸만 둘 있는데 혹 아들이라도 낳으면 대가 작은아들로 이어진다고 생각해서인지 어떤 생각에서인지, 나를 불러 세웠다. 그러고 하시는 말씀이 내일 병원 가서 애를 지우라고 했다. 거기서 남편은 말 한마디 거들지도 못하고 수긍하는 모습이었다.

난 말할 가치조차 느끼지 못하고, 속으로

'어림도 없지. 내가 가진 생명, 절대 그렇게 못합니다. 잘 키울 거예요.'

하고 생각했다. 아들이든 딸이든 나한테 새 생명이 힘을 실어 주고 자신감도 갖게 해 주는 것 같았다. 이젠 남편 말이든 시어머니 말씀이든, 경우가 아니면 내 판단으로 서기로 했다. 예식장에 손을 잡고 들어가지 말았어야 하는데…… 이런 시련이 예고된 듯한 생각에 고집과 독한 마음으로 또 한 번 다잡는다.

그 뒤로 아침이 멀다 하고 찾아오셔서 병원에 갔다 왔냐고 물어본다. 처음에는 꼬박 꼬박 "아니요!"로 대답했다가 나중에는 "다녀왔어요." 했다.

"그럼 애는?"

난 당당하게

"애가 잘 들어섰는지 검사했는데, 잘 크고 있대요."

하니까 심술통이 개구리 울음보 마냥 커져서 남편을 불러 세운다. 그리고는 대뜸,

"오늘부터 나 여기 와서 잘란다."

남편은 철부지마냥 좋아서 어쩔 줄을 모른다. 그리고는 얼른 "그러세요." 한다. 미치고 팔짝 뛰는 내 가슴을 알아줄 사람이 없다. 언니도 내가 이러고 사는지 모른다. 언제 만나면 여름 소나기 장맛비로 쏟아 부을 거라고 벼르고 있다.

시어머니는 남편을 일찍 여위고 홀로 계시다 보니 아들 중에서 가장 착하고 말 들어주는 둘째아들한테 의지하다시피 했다. 날이면 날마다 밤이면 밤마다

"장수야, 여기로 와라."

시어머니는 아들한테 무릎을 내어 주며 피곤한지 무릎에서 잠들고 넘어올 생각을 안 한다. 아니, 결혼해서까지 어머니하고 살려면 결혼은 왜 했는가! "한눈에 반했어."라며 갖가지 결의문이며

맹세문은 왜 썼는지, 회의를 느낀다.

시간은 유수와 같이 흘러 산부인과를 찾았다. 몇 번이고 망설여 왔다. 정말 애를 떼어야 하는지 장고해 왔는데, 이제 문턱까지 온 것이다. 병원에는 시어머니를 따돌리고 남편하고만 왔다.

"잘 오셨네요. 아기는 건강하네요."

몇 시간 동안의 진통 끝에 옥동자를 낳았다. 나한테 열 달 내내 힘이 되어 주고 자존심을 세워 준 예쁜 아기. 꿈인지 생시인지 고개가 늘 아기한테 고정되어 떠날 줄 모르고, 흐뭇한 마음이 하나 가득 배가 고픈지 꺼져있는지도 몰랐다.

2~3일 흘렀을까. 불편한 몸을 이끌고 화장실에 다녀온 사이, 병실 침대 위에 나의 분신은 없고 이불이 헝클어진 채 계란말이 되어 있었다. 나의 눈을 의심했다. 침대 모서리에 몸도 가누지 못하고 털썩 주저앉아 창문 틈으로 비켜가는 노란 구름을 보았다.

번뜩,

'나의 분신을 찾아야 나는 고로 산다.'

하는 생각이 들었다. 이를 악물고 찾아 나서다가 간호사에게 물어봤다.

"할머니가 안고 가셨어요."

세상천지 이런 날벼락이 또 어디 있겠는가. 어처구니가 없었다. 미친 사람마냥 불편한 몸으로 마라톤 선수가 되어 집으로 향했다. 나의 예감은 백퍼센트 적중했다. 큰집 조카딸들과 한 데 있게 해

놓고 열쇠를 채워 놓았다. 나는 애들한테 사정했다.

"애기 맘마 주게 열어 줘."

"안 돼요. 할머니가 열어 주면 안 된다 했어요. 아기가 다친다고요."

말이 통하지 않았다. 내가 정신을 차려야 산다. 그래 내가 의연하게 대처하자, 2층 보금자리로 기어가다시피 들어왔다.

집안은 엉망진창, 혼자 있는 동안 집안에 누구를 데리고 왔는지 쓰레기장 대충 치우는 둥 마는 둥하고, 사다 놓았던 미역을 간만 맞춰서 한 대접 먹으니까 세상이 보이기 시작했다. 누가 챙겨 주는 이 없었다. 4층의 형님이고 시아주버니고 시어머니고, 모두 한통속.

해도 해도 너무한다. 차분하게 계획을 만든다. 형님 내외분은 장사하느라 늦게 들어오고, 시어머니는 시장 보느라 가끔 애들을 철저히 단속해 놓고 나간다. 4층에서 2층을 지나가야 하기에 발자국 소리가 들린다.

난 그 사이를 놓치지 않고 일을 성사시키려고 문에 귀를 쫑긋 세운다. 아이에게 젖을 먹이지 않아 젖몸살에다 아이가 보고 싶어 내 정신이 아니다. 거울에 비친 나의 눈은 살기마저 있는 것 같았다.

남편한테는 아예 아기에 대해 의논을 하는 것은 포기한지 꽤 시간이 흘렀다. 이제는 아기를 데리고 삼십육계 줄행랑. 나 혼자만의 소유물로, 누구의 손 타는 것도 용납하지 않을 모양이다. 내 몸에 있는 기관은 문 쪽에 집중되어 있었다.

시어머니가 시장 가는 시간이 거의 다되었다. 소리가 문 쪽에서 잠시 멈추더니, 빠른 걸음으로 내려가는 것 같았다. 창문 틈새로 바깥쪽을 확인했다. 시장까지는 1.2킬로미터 된다. 다녀오는 시간이면 나의 계획은 5분대기조 마냥 일을 성사시킬 수 있다.

이때다. 조카와 아기가 있는 방으로 가서 저번 마냥 사정하면 통하지 않아, 이번에는

"할머니가 문 열어 주라 하면서 시장가셨어."

라고 했더니 그 말엔 수긍하는 것 같으면서도

"정말이에요?"

"그래, 정말이지. 작은엄마가 왜 거짓말을 해?"

갑자기 문이 열렸다.

나의 몸은 떨리고 있었다. 몹시 좋아서 그런지 계획된 차후 행동은 거기서 멈췄다.

5분정도 흘렀을까. 매우 긴 시간처럼 느껴졌다.

"애기 맘마 줘야 돼!"

하고 무조건 끌어안고 언니네 집으로 뛰었다.

어떻게 왔는지 모른다. 인간에게 초능력이 있다는 사실을 실감케 했다. 제대로 모유를 못 먹어 야윈 느낌이 들었다. 언니는 반갑게

맞아 주면서도 한편으로 의아해 하면서

"잘 왔다. 얼른 들어와."

나는 시댁에서 쫓아올까 봐 방안으로 몸을 숨기면서

"언니, 나 무서워. 얼른 와서 내 얘기 들어줘. 나 여기 있다고 하지 말아요. 이제 그 집에 절대 안 들어가요. 용재하고 둘이 살아갈 거예요. 양 서방하고는 헤어질 거예요."

하고 혼잣말로 크게 하니까 형부와 언니가 놀라서 방으로 들어오셨다. 그동안 사람대우 못 받고 시어머니 시집살이에, 애 낳고 병원에서 있었던 얘기까지 책 한 권의 스토리를 줄줄줄 언니 앞에 늘어놓았다.

언니는 혀를 차고 형부는 고개를 흔들었다. 다 듣고 난 형부는

"내가 이따가 양 서방 직장 끝나는 대로 여기로 오라고 할게."

난 팔짝 뛰었다.

"안 돼요. 소용없어요. 여기서는 떡 두꺼비 파리 잡아먹듯 대답도 잘하고 잘한다고 할 거예요. 그래 놓고 형님이나 시어머니 앞에선 언제 그랬냐고 큰소리를 더 높이며 잡아먹을 듯 돌변해요. 형부가 양 서방을 몰라도 너무 몰라요. 언니도 그래요. 그런 집에 막무가내로 보낸 건 언니예요. 양 서방은 다른 사람들한테는 호인, 오지랖도 넓어 동네일도 내일 마냥 잘해요. 그런데 집에 오면 손 하나 까딱도 안 하고 본인 몸뚱어리 닦지도 않아요. 결혼도 어머니하고 한 것인지 도무지 이해가 안 돼요. 언니, 일반 가정집에

서는 상상도 못 하는 일이 벌어지고 있어요."

먹구름이 지나가고 조금 뒤에 흰 구름이 하늘을 메꾸며 달이 서서히 보일 쯤 양 서방이 도착했다.

"자네 식사는?"

"회사에서 먹었어요."

"여러모로 힘든 자네한테 할 말이 있어서 오라고 했네."

양 서방을 앉혀 놓고 조목조목 들이대며, 이런 경우 자네 입장에서 어떻게 생각하느냐고 여러 차례 확인하고 다짐도 받았다. 그리고 앞으로 어머니하고 살 것인지 아내하고 살 것인지에 대한 질문에

"아내하고 사는 것이지요."

한다.

"우리 처제, 절대 자네 집에 안 간다네. 자네가 설득해서 모셔 가게나."

내 앞에 와서 구구절절 앞으로 어떻게 하겠노라고 무릎 꿇고 두 손 꼭 잡으며 애걸복걸하는데, 나의 여린 마음은 어느새 동요되고 있었다. 나도 장수 씨한테

"한 번 더 어머니나 친척들 앞에서 나를 면박하고 사람 무시하면 그날로 끝장이고, 우리 용재는 우리 아들이니까 절대 큰집으로 못 간다는 것 명심해요."

말이 끝나기도 전에 용재를 끌어안고 대문 밖으로 나서며 행복해

한다. 마지못해 용재가 가니까 따라 나설 수밖에 없었다.

불과 몇 분 전 갖가지 경고와 충고는 까마득히 잊고, 신바람 콧바람이 잔뜩 들어 어머니한테 달려 갈 모양새다. 아니나 다를까.

"엄마 저 용재 데리고 왔어요."

잘해냈다는 듯 어깨가 한 질이나 올라섰다. 난 그사이에 용재를 내 품으로 옮겨 왔다.

늘 둘째아들 퇴근시간이 되면 시계보다 정확하게 현관 지킴이로 나와 계신다. 늦은 시간에도 장수 씨가 들어온 것을 확인하고 잠자리에 들어간다.

며느리는 안중에도 없고, 용재를 보더니 내 새끼 하면서 용재를 단숨에 낚아챘다. 참고로 시어머니는 시골 출신인데다 키도 크고 힘이 센 여걸 중의 여걸이다. 힘으로는 당해 낼 재간이 없다.

집안으로 들어와 있는 눈물 없는 눈물 다 빼고 나서 마음을 추슬렀다. 왜 장수 씨는 어머니 앞에만 오면 애가 되는지 모르겠다. 4층에 올라가서 함흥차사다. 밤이 깊었는데도 이 몸은 몸도 마음도 지쳐 쓰러진 채 잠들고 말았다.

아침에 일어나 보니 어제 그대로이지 않은가. 큰집에서 바로 직장에 나간 것이다. 이제부터는 나의 확고한 신념과 각오가 필요했다. 며칠을 장수 씨도 4층에서 출근하고 그쪽으로 퇴근했다.

옷을 갈아입고 서류 준비도 하려고 들어왔다. 난 등 뒤에다 대고,

"서방이 있으면 뭐해? 방패막이는커녕 한통속이 되어 가지고 잘하고 있고만! 말만 앞서지, 실천하는 게 하나도 없어."

막말도 섞어서 막 토해내니까, 아침부터 지랄 떤다며 화장품이고 가전제품이고 거울이고 깨고 부수고 난리를 치더니 나가 버렸다. 이젠 더 이상은 못 살겠다 싶었다.

'세상 이렇게 살면 뭐해? 용재 데리고 같이 죽어 버리면 이런 꼴 저런 꼴 안 보고 살지.'

4층 상황만 엿보고 있다가 여차하면 용재를 데리고 떠날 생각이다. 모든 것이 나를 위해 있지 않음을 깨달았다. 주위 모든 사람들이 싫어졌다.

단숨에 4층으로 올라가 용재를 데리고 택시를 잡아타고 유성천으로 갔다. 장마철이 막 끝난 뒤라 하천의 물은 용 날갯짓 하듯이 감아 돌리고 삼킬 듯이 덤벼들었다. 물속으로 뛰어들려고 했는데, 너무나 무서움이 닭살 돋듯 소름끼쳐 발자국만 남긴 채 가까운 공원에서 길 잃고 집 잃고 갈 곳 없는 신세가 되었다.

가까이 오는 것은 저녁과 어둠만이 정적만을 안고, 용재와 나의 가슴을 파고들었다.

애기는 포대기 안에서 배가 고픈지 칭얼대고 있어 한적한 곳에서 젖을 물렸다. 젖을 빨지를 않았다. 여태껏 큰집에서 우유를 먹이다 보니 맛이 다른 것이다.

25

기저귀도 갈아 줘야 해서 마땅히 거처할 곳을 찾아봐야 하는데, 주택가만 있을 뿐이었다. 또 언니한테 신세를 끼쳐야겠다고 생각을 하니까 눈물이 왈칵 쏟아졌다.

수화기를 통해 흐느끼며 그동안 서글픔을 언니한테 전하려 해도 북받치는 슬픔에 말을 잇지 못하자

"거기 어디야?"

"여기 유성천 옆에 공원."

"알았어. 거기 꼼짝 말고 있어."

나는 눈물을 훔치고 별도 달도 없는 하늘에 대고 혼잣말로 기도문처럼 중얼거렸다. 애기가 잠들어 가는 사이, 형부와 언니가 다급한 목소리로 찾았다. 퍽 오래된 상봉인양 언니가 내 얼굴에 비비며 언니가

"늘 너에게 죄스럽고 미안한 마음, 뼈에 사무친다. 천진난만하고 밝게 웃었던 그 얼굴이…….'

언니도 말을 삼키고 더 이상 말을 잇지 못했다. 형부가

"더 이상 그 집에 살다가는 처제 잘못될 것 같다. 처제 재봉기술도 있으니까 시내 쪽에 쌈지막한 월세방이라도 얻어서 살면서 생각하자. 언니와 내가 있잖아."

그래도 형제 피붙이밖에 없다. 형부의 말 한마디가 활력소, 비타민이 되어 시집오기 전 벌어 놓았던 돈 200만 원과 못 먹고 미련을 떨며 모았던 100만 원까지, 총 삼백만 원으로 부엌 달린 단칸

방을 구했다. 우선 쌀과 반찬거리는 언니가 옆에서 갖다 주었다. 애기 분유값과 생활비를 벌기 위해 집에서 애를 보살피며 할 수 있는 재봉일을 구하기 위해 애를 들춰 업고 땀을 뻘뻘 흘리며 돌아다녔다. 게시판에 '부업하실 분 능력에 따라 소득은 보장됨'이라고 적혀 있었고. 아래에는 연락처도 있었다. 나는 전화를 해서 가까스로 찾았다. 한 개 하는데 30원씩이라고 했다. 할 일이 있어 행복했다.

부엌 한쪽에 할부로 재봉틀을 들여 놓고 애는 등에서 먹고 자고 하는 공간이 되었고, 난 납기 맞추느라 저녁을 아침처럼 아침을 저녁처럼 지내는 게 다반사였다. 허리는 끊어질 듯 짓눌려 왔다. 다행히 우리 용재는 아는지 모르는지 순둥이로 무럭무럭 자라 주었다.

언니네 집에서 소식이 전해 왔다. 용재 아빠가 나 사는 곳을 알려 달라며 수없이 왔다 갔다 했다는 것이다. 그래서 형부가
"처제하고 살려면 첫째 그 집에서 분가해서 집 한 채 마련하고, 어머니는 형님이 모셔야 하고, 둘째 처제의 든든한 울타리가 되어 준다는 조건이면 같이 살게 해주겠네."
하고 일러 놓았다.
며칠 전에 장수 씨 신발공장이 부도가 나서 출근하지 않는다는 소식과 함께 술병과 산다는 얘기도 들었다. 나날이 힘겹게 지내는

것은 피차일반인데, 매일같이 고주망태가 돼서 찾아와 타일러서 보냈다고 했다.

장수 씨 집안에서도 더 이상은 안 되겠다 싶었는지, 이쪽에서 요구하는 대로 하기로 약속했다.

재산은 조금 있었던 터라 전세를 얻어 새살림을 꾸렸다. 이제 단란한 가정의 느낌이 가슴 설레게 했다. 모든 것이 우리를 축복해 주고 있었다.

장수 씨는 회사 사람들과 더할 나위 없이 친분이 많고 정도 많아 누구든 좋아하는 스타일이다. 회사에서 받은 퇴직금을 가지고 신발이나 옷 등을 취급하는 유통업에 뛰어들었다. 성격상으로 세밀하게 따지지도 않고 복잡하게 생각하는 것도 질색한다. 장사 수단이 있었는지 운이 따랐는지, 사업이 잘되어 가정에 큰 힘이 되어 주었다.

나도 안정이 되고 살림이 조금씩 나아지고, 용재가 잘 커 주다 보니 과거사를 잊어 가고 있었다.

세월은 유수와 같다 했던가. 용재도 어엿하고 제법 부모를 잘 섬기는 반듯한 대학생이 되어 어떤 때는 역시 배움의 덕택이라고 느낄 때도 많다. 아버지 어머니가 하는 일이 아니다 싶으면 "제 생각은 이러한데요."하면서 자신의 의견을 말하거나 때로는 "그것은 상대방에 대해 지나치는 것"이라고 꼬집어 말하기도 한다. 옛날 같으면 스물대여섯 되면 결혼하는 성숙한 나이였다.

용재 아빠가 장사 하면서 우여곡절도 많았는데 잘 넘고 탈 없이 넘어서 여기까지 왔다.

그동안 장사하면서 주위 사람들을 보면 안다. 정상적인 사람들과 정상거래를 안 하다 보니, 사기 당하고 떼인 돈도 꽤 되고, 영업 한다고 매일 술과 담배가 몸에 배어 있고…… 내일을 걱정 안 하고 사는 장수 씨다.

그동안 장사했다는 과정에 문제가 계속 터지기 시작했다. 같이 술 먹고 즐길 때는 "양 사장 최고!" 하면서 중국 쪽에 투자하면 훨씬 많이 남는다고, 귀가 얇아서 그렇게 저렇게 벌려 놓은 게 한두 개가 아니다. 수습하거나 정리도 안 된다. 그러면 그 뒤는 속이 타고 문드러지는 내가 수습한다. 그동안 장사한 게 아니라 일만 저질러 놓은 것이다.

요즈음 장수 씨는 '고주망태'가 아닌 '고주 망치'로 내 마음에 못 박고 망치질 하고 있다. 아들하고 밤새 얘기하면서

"너의 아버지는 천성이 그렇고 태생이 그러하니 상관하지 말고, 너 할 일 네가 갈 길 잘 찾아 열심히 하고, 엄마는 욕심 안 부리고 가게 잘 운영해서 아들 뒷바라지 할 테니 그런 줄 알아."

옛날 그 모습과 행동이 재발하는 건지 폭언과 폭행이 빈번하다. 물건 같으면 갖다 버리든가 팔기라도 하지. 아들 용재는 말한다.

"그래도 저를 낳아준 아버지예요."

나도 속은 썩을 대로 썩었지만, 용재의 말 한마디에 위안이 된다.

하지만 가끔은

'그때 손만 잡고 예식장에 들어가지 않았더라면…….'

후회스럽고 볼멘소리를 하며, 현실을 받아들이고 장수 씨의 등을 오늘도 밀어 주고 있다.

변한 건 나이만 더해졌을 뿐, 아흔을 훌쩍 넘긴 어머니 앞에선 아직도 철들지 않은 애기로 나의 속을 뒤집어 놓고 있다.

나의 운명이려니 하면서도 언젠가는 활화산으로 폭발할지도 모른다.

현아의 잊혔던 사랑

시골 동네치고는 200여 가구가 사는 큰 동네다. 큰길로 100미터를 가서 모퉁이를 돌고 20미터를 가면 현아의 집이 있었다.

준이는 키가 훤칠하고 잘생긴 미남형인데다 얌전해 여자애들한테 교제대상 1호다. 현아는 참신한데다 예쁘고 인상이 밝은 스마일 1호다.

동네 안에는 조선시대에 심었던 오래된 왕소나무가 군집해 있는 쉼터가 있다. 놀기 좋아하고 끼가 있었던 애들이 모여서 기타도 치고, 남자애들은 머리에 피도 아직 안 말랐는데 담배와 술을 배우기 시작했다.

어둠이 찾아오고 정적이 흐를 때쯤 하나둘 왕소나무 아래로 모이기 시작한다. 그중에 기타를 좋아하는 영수가 기타를 메고 처음 출근도장을 찍는다. 두 번째로는 바람둥이 인혜가 등장. 그중에 한 사람이라도 안 나오면 그 집에까지 가서 휘파람 소리나 돌멩이 부딪치는 소리 등 어떻게 해서든 신호음으로 불러낸다. 다 모이면 여자 셋 남자 셋, 공교롭게 파트너가 맞아떨어졌다.

먼저 바람둥이 인혜가 분위기를 띄운다. 조용필의 〈단발머리〉부터 시작해서 전영록의 〈사랑은 연필로 쓰세요〉에 이어서 〈종이학〉까지. 언제 어디서 배웠는지 줄줄줄, 시냇물 흐르듯 잘 흐르는데, 영수의 기타 솜씨는 아직 멀게만 느껴졌다. 기본적으로 흥에 맞춰 퉁기는 것인데도 분위기는 만땅! 하늘에서도 즐기는지 총총한 별이 반짝거리며 오선지에 걸려 출렁거린다. 이 밤이 새도록 놀아도 모자란다.

아쉬움을 뒤로 보내고, 시계가 없으니 몇 시가 되었는지 달그림자의 크기를 재어 본다. 대충 길어지면 시간이 많이 흐른 것. 아버지한테 혼날까 봐 밤새 있었던 것은 감쪽같이 숨기고, 나갈 때 소리 안 나게 대문을 조금 열어 놓은 데로 들어가 잠을 청한다.

"학교 가야지. 얼른 일어나."

어머니가 깨우면 억지춘향으로 몸을 일으켜 세운다.

학교에 가도 머릿속에는 온통 기타 반주소리, 인혜의 노래가 귀에 가득해 선생님의 목소리는 하나도 들리지 않는다. 하루 종일 수업시간엔 딴청만 부리고 오직 저녁만 기다려진다.

저녁만 되면 누가 뭐라 안 해도 자동으로 왕소나무 아래로 집합한다. 이런 소문이 퍼지기 시작해서 석이가 동참하게 되었는데, 그

중에서도 현아가 준이를 보는 눈빛이 예사롭지 않았다.

준이의 눈에서도 이만오천볼트의 전류가 팍팍 튀었다. 현아의 얼굴이 볼그스레 달아올라 잘 익은 복숭아와 다를 바 없다. 그렇게 둘은 다른 친구들이 눈치 채지 않을 정도로 가슴이 콩닥콩닥 거리며 사랑의 씨앗이 움트고 있었다.

인혜는 영수와 기타치고 노래하면서 파트너가 되었고, 수다쟁이 덕이와 동네방네 소문난 연애대장 옥이가 한 커플. 그중에 었다. 연애대장 옥이는 생긴 모습보다 일찍 되바라져 춤도 잘 추고 연애하러 타동네 출장도 간다. 집에서 내놓았는가 보다. 들리는 얘기로는 방학 동안 못 돌아다니게 머리를 싹둑 잘랐다는 소문도 있다. 남자 준이는 잘생긴 것도 있지만, 눈웃음도 일품이어서 운연중에 여자애들의 마음을 사로잡는다.

준이의 눈 안에 풍덩 빠져 있는 현아는 집에 있는 오빠들한테 혼나면서도 저녁에 백퍼센트 출근한다.

영수네 집이 다른 집보다 잘 살았고, 구멍가게도 하고 있었다. 그래서 여럿이 모은 푼돈으로 과자, 술, 담배 등을 사 날랐다.

야밤에 축제의 이벤트가 또 시작된다. 수다쟁이 덕이가 어디에서 들었는지 재미있게 야설을 끄집어내니까 남자 여자 할 것 없이 귀를 떨고 들었다. 밤새 무슨 얘기가 그리 많은지 시간 가는 줄 몰랐다.

영수네 집하고 왕소나무 있는데 하고는 오십 미터도 안 된다. 영수 어머니가 영수가 집에 없는 걸 알고 찾아 나섰다.

"영수야! 영수야!"

한밤중이라 크게 멀리까지 들렸다. 있는 자리를 들킬까 봐 번개처럼 헤어졌다.

모두 집으로 갔는데, 준이와 현아는 약속이라도 한 듯 같은 방향 공원 쪽으로 향했다. 둘의 연애는 대담해져 갔다. 서울로 말하면 명동 동네 한가운데에 빈집이 있는데, 밤에 문단속 안 되어 있는 걸 알고 준이는 그곳으로 현아를 능란하게 안내해 사랑의 이벤트를 했다.

그 후 어색하고 쑥스러웠는지 현아는 도망치듯 집으로 달려갔다. 학교 등교할 때나 하교할 때나 예전보다 자주 만나 데이트도 하고, 가끔 이벤트도 가졌다.

그런데 갑자기 현아가 학교를 그만두고 청주로 가게 되었다. 집에서 특단의 조치를 내린 것이다. 집에 있다가는 밤에 단속도 안 되고 무슨 일이 생길 것 같아, 타지로 전학시키면 괜찮을 것이라고 결론을 내린 것이다.

현아가 동네를 떠나간 후 준이는 어깨가 축 처진 상태가 되었다. 등교할 때도 터벅터벅, 힘없이 다녔다.

얼마나 흘렀을까. 서서히 잊혀 갈 무렵, 노래 잘하는 인혜가 준이를 가만히 놔두질 않는다. 준이도 노래도 잘하고 미남인데, 그동안 현아하고 가까이 했던 걸 알고 있기에 지켜보고 있었던 것이다. 이제는 거리낄 것이 없었다. 질투의 대상이 청주로 떠나갔으니, 인혜는 날개달린 천사로 집에 먹을 것 있으면 꼭 챙겨 놓았다가 준이한테 갖다 주고 준이한테 푹 빠져 늘 지근거리에 있었다.

한편 현아는 외삼촌댁 청주 낯선 곳에서 준이를 그리워하며 힘든 시간을 보냈다. 청주에서 공주 집까지의 거리가 멀지 않아 가려고 해도, 집에서 오빠나 부모님도 받아 주지 않았다.

요새 인혜만 신났다. 현아가 없는 세상이 제 것인 마냥…….

하루는 인혜네 집이 텅 비었다. 부모님이 오빠를 데리고 친척집에 2박 3일 동안 다녀오신다고 떠나셨기 때문이다. 때는 이때다 싶었던 인혜는 준이를 집으로 불렀다.

준이도 현아가 청주로 간 뒤 소식도 없고, 인혜가 애교도 부리고 서비스도 좋으니 현아를 잊고 살았다.

사실 준이도 현아가 있을 때부터 인혜한테 한눈 판 적이 여러 번 있었다. 현아의 예리한 눈을 피할 수가 없었던 것이다. 이젠 현아를 의식하지 않아도 되니까 인혜가 불러 주면 몹시나 고마워서 달려가고도 남았다.

준이의 발걸음은 인혜의 집으로 향했고, 인혜는 준이가 오나 대문 틈새로 확인하려고 서성거렸다. 준이는 혹시 누구라도 볼까봐 조심스럽게 들어가고, 인혜는 조그만 목소리로 자신의 방을 가리키며 얼른 들어가라고 재촉했다. 인혜는 철저히 문단속하고 준이의 숨소리를 느끼면서 제 방으로 들어가기 전 주위를 재차 확인했다.

노래만 잘하는 줄 알았는데 남자 친구 다루는 것도 제법인 듯하다. 준이는 인혜가 하라는 대로 옷을 벗어 머리맡에 놓고 누웠다. 인혜의 손놀림에 의해 준이는 홍콩을 여러 차례 갔다 왔다.

어느덧 새벽이 밝아왔다. 옷을 주섬주섬 챙겨 입고 도둑고양이마냥 집을 빠져나와 집에 가는 것은 불과 십 분도 안 걸렸다.

한번 길을 닦아 놓으면 다니기가 편리하듯이 둘의 만남은 홍수처럼 무르익었다.

몇 개월이 흐른 뒤, 동네에서 이상한 소문이 돌기 시작했다.

그 소문은 인혜의 어머니로부터 시작되었다. 인혜가 이런 일이 한 번 있었던 것이 아님을 알 수 있다. 말끝마다

"또 이년이 엄마 아빠 없을 때 무슨 일을 저지른 게 틀림없어. 귀신을 속이지, 엄마는 못 속여!"

라고 혼을 내곤 했었다. 임신을 했는데 병원 가서 지우고 왔다고 하면서, 옆집 아주머니한테

"혹시 아시는 것 있어요? 뉘 집 자식인지나 알아야 하겠는데……병원비라도 부담시켜야지. 이게 무슨 망신살인가? 아주머니, 이런 얘기 누구한테든 말씀하지 말아요."

이 사람 저 사람 얘기한 것은 인혜 어머니밖에 없었다. 동네에 파다하게 소문에 꼬리가 길어지자, 인혜 아버지가 나섰다.

"안 되겠다. 처제 있는 곳으로 당장 보낼꼬마!"

인혜 아버지도 한 성질 하신다. 초스피드 시대에 태어난 사람도 아닌데, 날이 새자마자 수속 밟으러 한양에 가셨다. 일처리도 깔끔하게 해놓고, 인혜를 떠나보낸다. 인혜 어머니는 울고불고 한 번 가면 가까이 있는 게 아니라 보고 싶어도 못 보니 안 된다고 주저앉아 하소연 하신다.

하지만 인혜 아버지 고집은 알아주는 고집이다. 그래서 이모가 사는 이탈리아로 가는 비행기에 몸을 실었다.

닭 쫓던 개 지붕만 쳐다보고만 있어야 하고, 또 한 번 준이는 눈물을 흘려야 했다. 죄책감에 사로잡혀 동네 밖을 나오지 않았다. 어떤 얘기가 돌면 저한테 하는 것 같아, 이런 저런 얘기에 귀를 막고 다녔다. 학교에서 올 때나 갈 때나 늘 혼자였다.

벌써 고등학교 졸업할 때가 다 되었다.

한번은 고개 너머에 사는 숙이가 준이에게 가까이 와서 말을 걸었다.

"우리 서로 외로우니까 말 친구라도 하면서 가깝게 지내자."

준이는 그동안 사고친 걸로 자숙하고 지내 왔는데 귀에 번쩍 들어오는 말이었다. 숙이는 조용하면서도 은근한 매력이 있다. 약간

검은 피부에다 주 매력은 입술이 도톰하고 부리부리한 시원한 쌍꺼풀의 눈을 가진데다 눈웃음을 치는 건 준이와도 닮았다.

사실 준이의 가슴에 불을 지핀 것은 숙이, 란이, 여럿 된다. 꾹 참고 잘 견뎌 왔는데, 제대로 숙이가 군불에 장작불을 지핀 것이다.

예전까지와는 달리 준이와 숙이는 돈을 마련해서 가출까지 생각하고 있었다. 어머니 안 계실 때 헛간에 쌓여 있는 벼 가마를 친구 병수의 마차에 실어서 시장에 내다 팔면 돈을 마련할 수 있다는 생각을 하게 된 것이다.

몇 날 며칠 기회를 엿보다 보니 기회가 찾아왔다. 혼자하기에 벅차 영수와 덕이한테 도움을 받았다. 사랑방 윗목 퉁가리에 벼가 가득 쟁여져 있었다. 몇 가마니 빼내어도 표시가 나질 않는다.

그런데 준이 어머니는 준이 아버지가 가끔 술값이 없으면 벼를 몰래 내기도 해서, 퉁가리에다 지혜로운 방법으로 표시를 본인만 알게 해놓았다. 이러한 사실을 아들 준이는 알리가 없었다.

4~5가마니를 마대에 담는 동안 병수가 망을 보았다. 일은 순조롭게 끝나, 마차에 싣고 시장 곡물 취급소로 갔다. 대여섯 명이 가니까 어른들은 의심을 하지 않고 시세에 맞게 계산해 주었다.

혹시 아는 사람이 있을까 봐 부랴부랴 서둘러 동네에 다다랐을 때였다. 동네 어귀에 준이 어머니가 딱 버티며 준이를 기다리고 있었다. 꼼짝없이 딱 걸린 준이는 모든 것을 토해내고, 귀한 자식이라고 회초리 같은 것은 들지를 않고 무릎 꿇고 앉아 두 시간 정도 훈시를 들었다. 오늘부터는 밤에 바깥출입 삼가 명령과 함께 어머니가 바깥에서 일하시며 지키고 계셨다.

이제 왕소나무만 적적하게 밤을 지켜낼 뿐, 모두에게 계엄령이 선포되었다.

숙이하고의 약속은 수포로 돌아가고, 몇몇 간이 부어 있는 애들은 타동네까지 쑤시고 돌아다녀 시끄럽게 만들었다.

옥이와 숙이도 나이가 들어, 숙이는 서울 언니네로, 옥이는 전주로, 덕이는 인천으로 갔다. 준이는 일찍 서울에 있는 유명한 전자회사에 취직되었고, 현아는 청주 외삼촌댁에서 서울 시흥 언니네로 가면서 모두 흩어졌다. 이에 만나기가 어려워지고 소식도 모르니 마음에서도 멀어져 가고 있었다.

준이는 첫사랑인 현아를 꼭 만나고 싶어 백방으로 수소문 했으나 실패하고, 서울로 간 숙이와 란은 연락이 닿았다. 이따금 전화로 통화만 할 뿐 회사일로 만나기가 어려웠다.

회사원들의 80%가 여자 직원이고 그 사람들과 생활을 하다 보니 그중 한 여인이 준이의 눈에 들어왔다. 회사에서도 여자들한테 프러포즈 대상이었다. 인기 짱으로 발돋움하여 서로가 준이를 차지하려고 선물공세를 하는가 하면, 몸짓애교로 준이는 행복한 나날을 보냈다.

휴일이면 애교부리고 싹싹한 여인 진이와 만남을 가졌다. 술에 취해서 갔던 곳이 모텔이었다. 진이가 계획적으로 준이를 차지하려는 속셈에 말려든 것이다.

준이는 진이한테 코가 끼었다. 회사 내에서도 당연 "준이는 내 꺼야!"라는 것을 다른 직원들한테 은근히 의식적으로 표현하고 다니고, 준이의 눈이 가는 길도 늘 체크하였다. 하루는 출근하자마자 진이가 준이부터 찾았다. 밤새 속이 미식거리고 토할 것 같아 아무것도 못 먹었다고, 이젠 책임을 분명하게 해야 한다는 각서라도 받아 놓고 싶어서였을까 아니면 준이 안에는 다른 여인이 있을 거라는 의심에서였을까 준이의 품에 안기어 다짐을 받았다.

준이의 마음 깊숙하게 자리 잡은 첫사랑 현아가 실낱같이 버티고 있다. 아직도 잊어버리지 않았다. 불쑥 현아가 생각났다. 그렇지만 눈앞의 현실은 복잡하게 얽히고설키고 있다. 시골에서 있을 때 입술이 도톰하고 눈웃음 잘 치는 숙이, 바로 옆집에 살았던 란이까지 꿈속에서 일개 분대로 농성하고 있다.

하지만 이제는 진이를 책임질 수밖에 없다. 진이가 애를 절대 뗄 수 없고 혼자서라도 준이의 애를 키울 거라며 결혼 얘기가 나온다. 여태껏 연애를 했지만, 진이의 집요함에는 준이가 견뎌내기가 쉽지 않다. 결국 준이는 나이가 많은 큰형님과 형수한테 물어보고 결론을 내기로 했다.

저녁에 형님을 찾아가서 자초지종을 얘기하자 쉽게 답을 냈다.

"결혼해야지. 책임져야지. 그리고 살아가면서 맞춰가는 거고……."

많은 얘기를 듣고 왔다. 걱정이 태산이다. 준비해 놓은 것이라곤 내 몸 하나인데…… 고민이 쌓여만 갔다.

큰형님은 아버지 같은 존재였다. 부모가 안 계시니 큰형수님이 시동생 결혼준비를 다하고 계셨다. 시동생 살 집까지 준비하고 상견례와 약혼식을 거쳐 결혼식까지 일사천리로 진행되었다

결혼하기 전, 진이한테 삼강오륜이 아닌 '오규칠행'이라는 다섯 가지 규칙과 일곱 개의 행동서약을 했다. '오규'에는 오직 준이의 눈 안에는 진이만 담을 것, 늦어도 12시 전까지 들어와 진이를 안아줄 것 등 준이한테는 지켜낼 수 있는 게 별로 없었다.

주위에 여자들이 품절남인데도 대시를 하고, 회식자리나 술자리에서 일찍 일어나 집에 간 적이 없고, 약속 어기길 밥 먹듯 했으니 좋게 대해줄리 만무하다. 그런데다 서울에 있는 숙이와 란도 준이와 가까이 지낸 사이라 가끔 만나고 문자를 주고받는 걸 진이도 아는 듯했다.

준이는 남자든 여자든 싫은 소리 한 적이 없다. 준이는 잘생기고 노래 잘 부르고 남을 배려해 주는 이유로, 상대방이 좋아하는 걸로 착각하게 한다. 눈웃음과 깔끔한 옷차림, 훤칠한 키에 하얀 피부가 본인을 더욱 힘들게 하는 것 같다.

우여곡절 속에서도 삼십 년이 흘러 쉰을 넘었다. 한결같이 입에 붙은 말이 "인생, 뭐 있어?"이다.

보험일을 하는 한 친구가 향우회를 만들어 동창 선후배들의 주소록과 전화번호를 배포해 고향 친구들도 만날 좋은 기회가 생겼다. 서울·경기 쪽에 사는 사람들이 많아, 공주 향우회란 명목아래 구로에서 모이기로 했다.

새로운 인연이 되려고 한 것인지 준이도 회사일로 모임 한 번 제대로 참석하기 쉽지 않았는데, 그날은 꼭 참석하고 싶었다. 현아는 엎어지면 코가 닿을 구로인데 한번 가보자는 마음이 생겼다.

'혹시 그 자리에 준이가 올려나? 어떻게 변했을까?'

한편으로는

'오늘 가서 진지하게 따져 볼까? 공주에서 청주로 떠났을 때 한 번이라도 찾아 나설 수도 있었을 텐데······.'

갑자기 화도 나고 괘씸한 생각이 들었다. 결혼 전이나 후에도 준이 만날 기회는 꼭 올 거라 믿고, 인연이 학교 다닐 때가 끝이 아니었다고 믿고 싶었다.

마음이 끝가지 가면 소원도 이루어지는가 보다. 모임에 혼자 가기가 왠지 어색하고 혹 준이라도 오면 표정관리도 안 될 것 같아 가까이 사는 영하고 향우회로 향했다. 준이는 현아가 올 거라고는 미처 생각을 않고, 나이가 들어가면서 더더욱 고향 친구가 보고 싶었던 것이 현아와 준이의 제2막의 인연이 시작된다.

모임 자리에는 덕이, 영수, 석이까지 꽤 많이 와 있었다. 현아는 준이를 한눈에 확인하고는 마음이 울적했는지 기뻐서 그랬는지 닭똥 같은 눈물이 나, 보자마자 식당에서 나와 마음을 추스르고 들어갔다. 준이는 표정관리를 잘하는 건지 헤어져 있던 시간이 말해 주는 건지, 얼굴색 하나 변하지 않고 평상시처럼 인사만 하고 제자리에 앉았다.

음식을 먹어 가면서 옛날 얘기며, 어떻게 지내는지, 자녀들의 나이는 어떻게 되며, 지금 어디에서 살고 있는지, 결혼은 언제 했는지 등 서로에 대해 많은 것을 알고 싶은가 보다. 시장바닥에 나온 듯 시끄럽다.

준이는 계속 현아를 보면서 무엇을 생각하는지 골똘히 보고 있다가 밖으로 나간다. 마음 깊숙이 자리했던 첫사랑이 눈앞에 있으니, 어떻게 해야 할지 고민하는 것 같다. 연일 담배 연기만 하늘로 내뿜으며 먼 산을 쳐다보다가 이내 식당 안으로 들어선다.

준이와 현아는 눈짓으로 서로의 마음을 예전처럼 전하고 있었다. 과거의 괴로움도 잊어버린 채 말이다. 모임이 끝나갈 무렵, 제2의 장소를 확인하고 모두가 있는 자리에서 나와 약속장소로 둘만의 만남을 가졌다. 서로가 서로를 부둥켜안고 말이 아닌 행동으로 몸짓으로 표현하고 있었다.

현아의 눈은 촉촉이 젖어들어 가뭄을 해소하고 있는 이 시간을 그냥 보내기 싫었다. 얼마만의 만남인가! 생이별하고 청주로 떠난

게 삼십 년이 훌쩍 넘었으니, 이제는 놓아 주기 싫었다. 준이도 현아도 과거의 시간들을 지워 버리고 싶은 심정을 테이블 위 찻잔의 김이 지워 가고 있었다.

한참을 말없이 있다가 준이가 입을 열었다.

"나 때문에 낯선 청주에서 외로웠지? 미안해."

현아는 미안하다는 말이 무책임한 말의 종식으로 들려서 화가 났다.

"너는 동네 숙이, 인혜, 란이하고 놀아나다 보니 난 눈곱만치도 생각을 안 했던 거야. 난 타지에 가서도 너만 그리다가 이마에 주름살만 늘었어. 얼떨결에 결혼하고 내가 너한테 미쳐 있었지."

현아가 더 화가 난 것은 너무나 태연하고 행복해 보이는 모습 때문이었다. 꼭지가 한 바퀴 반은 돌았다. 울분을 삭이지 못하고 외친 큰소리에 놀란 준이는 현아의 두 손을 꼭 잡고,

"앞으로라도 네 옆에 있어 줄게. 이젠 어디 있는 줄도 알고, 향우회 있으니까."

현아는 한참 동안 준이의 심장소리를 들으며 흐느낌을 달랬다. 밤이 깊어 가는지 날이 새는지 모르게 두 사람의 사랑은 깊어만 갔다.

그 이후로는 서로를 위로하며 친구처럼 연인처럼 자주 만나 우정과 사랑을 쌓아 가고 있다.

어둠과 행복

포플러 나무에 그늘이 드리워지나 싶더니 어느새 양지가 되어 자리를 옮겨야 했다. 겨울엔 양지쪽을 찾았었는데…….

그렇다. 그때그때 처해진 여건과 조건에 따라 이렇게 달라질 수 있다는 것. 내가 현재 양지에 있는지 혹은 음지에 있는지 누가 판단을 내려 주는 게 아니라 어디에 기준을 두고 평가할 수도, 주위와 비교해서 판단할 수도 없다.

대리운전 할 때 '내가 행복한 사람이구나!'라고 깨우쳐 준 어느 회사의 사장님 얘기다.

식구가 800여 명, 거래처까지 하면 거의 1,000명이 된다고 한다. 하루라도 잠을 제대로 청한 적 없고, 누워 있어도 생각은 방 천장에 미친 듯이 떠돌아다닌다. 복지 시설이 어떻고, 또 작업환경이 어떻고, 월급이 적다는 등 갖가지 불만들이 많다.

히루에도 12번은 '회사를 접어야지……' 하면서도 회사에 들어서면 '어떻게 이루어 낸 회사인데!'라는 생각에 열정을 갖고 동분서주하며 영업을 한다. 오더를 얻기 위해 굽실거리고, 때로는 심한 말을 들을 때도 있다.

그런 것도 모르는 직원들은 연례행사처럼 분규를 한다. 속이 터지고 안쓰럽기만 하다.

그렇게 속상한 예기 한판 늘어놓더니,

"당신은 행복한 사람이오. 네 식구만 책임지면 되지 않소? 내가 가는 목적지만 태워다 주면 책임은 다하는 것이고 말이오. 난 직원들을 다 태우다 보니 풍랑을 만나 허우적거리고 비틀거리며 가고 있소. 나도 술 먹고 모든 것을 잊어버리려고 비틀거리며 집에는 꼭 들어가오. 거기엔 그나마 행복이 있기 때문이오. 이런 날이 한 달이면 이십일은 족히 될 거요. 자네가 부럽소."

그 말에 귀를 세우고 들어 보니 일리가 있다. 하지만 난 지금 혼자도 버거워 괴로워하는데…….

'전문성도 없고, 자본력도 없었고, 열정도 준비도 하지 않은 상태로 자영업을 했으니, 불 보듯 뻔한 결과에 대리운전을 하고 있는 내가 부럽다고? 지나가는 소도 웃을 일이지.'

하는 생각도 있었지만, 스케일이 다른 행복추구가 있었다. 사장님과는 추구하는 목적이 다를 뿐, 행복의 차이는 없는 것 같다.

이에 고개를 끄덕이며,

"예, 그러네요. 전 사장님이 부럽습니다. 그리고 훌륭하십니다. 대단하십니다."

목적지까지 잘 모시고, 돌아오는 길에 '난 그래도 행복한 사람이구나.' 하는 느낌을 받았다.

여느 때보다 발걸음은 한결 가벼워진 듯했다. 나보다 무거운 짐을 지고 가는 사장님에게 비교하니 새 발의 피다. 하늘엔 별이 총총하게 줄다리기를 하고, 논배미에선 곤충 소리가 화음을 맞추는 듯 어둠속에서 출렁거리며 시름을 씻어 주고 있었다.

현실은 마음의 평온 찾기가 쉽지 않다. 매일 같이 반복되는 숙제에 시달리다 보면, 호수에서 불빛이 수영을 해도, 또 보름달이 살찌운 채 미소를 지어도 아름다워 보이지 않았다. 하루하루가 고달픔의 연속이었기 때문이다.

한번은 화물차 기사인데, 어디에서 술을 했는지 말이 어눌하였다. 차도 수명을 다한 것처럼 겉옷이 누벼져 있다.

"성남 갑시다."

"예, 알겠습니다. 잘 모셔다 드리겠습니다."

대리운전도 서비스업 종사자로서 의무와 책임이 따른다. 자가용보다 같은 서민에, 동병상련까지 겪고 있을 거란 생각에 부담스럽지 않게 성남까지 모셔다 드리고는, 수고료를 겸손하게

"수수료 주세요."

하고 요구했다. 그런데 그 기사님은 어디에서 신상이 꼬였는지 괜한 트집을 잡는다. "운전을 그딴 식으로 한다." 하면서 "마음에 안 들게 왔다."는 것이다. 대리비를 한 푼도 못준다고 억지를 부린다.

마음이 착잡해졌다. 한 건이라도 더해야 하는데, 이 시간에 여기서 손님하고 실랑이를 하다 보면 오늘을 죽을 쑬 수밖에 없다. 하는 수 없이 포기하고 발길을 돌렸다.

술 먹을 돈은 있어도 대리비 줄 돈을 준비 안 하고 대리운전을 요구하는 자체가 그 사람이 살아가는데 애로사항이 많을 거라는 걱정도 든다.

그런 걱정을 하는 나도 그동안 어떻게 살아와서 여기까지 왔는지 그 손님을 보고 과거 앨범을 뒤적거리고 생각하게 되었다. 왠지 씁쓸하고 나 자신이 미워지기 시작했다.

감지도 않은 머리를 쥐어뜯으며 주위에 있는 공원에 털썩 앉았다. 예전에 보았던 하늘이 아니었다. 주위엔 아무 기척도 없고, 모두들 잠들어 있는 고요 속에 적막이 흐르고 있었다. 힘이 빠지면서 온갖 고민을 어둠 속에서 엮어 가며 참회의 눈물이 볼로 타고 내렸다.

조금씩 동이 트기 시작했다. 일을 시작했던 수원으로 돌아와 보니, 대리기사들이 밤새 일을 하고 해장국집에서 밤새 응어리진

속을 풀고 있었다.

거나하게 취하다 보니 목소리들이 커지며 지나온 얘기며 괴로운 얘기들을 시원하게 쏟아냈다.

"내가 왕년에는 하루에 매출이 천만 원이었고, S회사의 주식이 몇천 주 있었는데!"

하고는 우쭐대며 어깨를 높인다. 그런데 난 왕년이 없었다. 고작 조그만 사업체 해 보았다는 것. 그 자리에 꼽사리 끼기엔 대단한 사람들이라서 그렇지만, 그랬으면 뭐하노!

소주 몇 잔에 온갖 불만 테이블 위에 가득하게 널어놓고 있는데, 아침이 다 되어서야 자리를 털고 갖자 잠잘 곳을 찾는다. 집이 없는 것도 아니고, 처자식이 보고 싶지 않은 것도 아닌데, 처 보기에도 미안하고 애들한테 아빠의 초췌한 모습을 보이기 싫어 안 들어간 것이 벌써 몇 개월째 지나갔다. 이제는 회사 사무실이 숙식하는 곳이 되었고, 낮에도 전화가 오면 대리운전을 나가곤 했다. 낮에도 일하는 날이면 한 달에 괜찮은 수입이 되어 이자를 꼬박꼬박 잘 갚아 나가면서 이따금 잠깐 집에 들러 식탁보 밑에 돈을 놓고 나왔다. 대리운전 사업이 괜찮다는 소문이 일더니 우후죽순으로 생겨났다. 아무래도 경쟁이 되다 보니 어려워지기 시작했다.

한날은 막 대리운전을 나가려는 초저녁에 친구 성재한테서 전화가 왔다.

"진수 아버지가 돌아기셨데."

그 전화를 받고 나서야 시골에 계신 아버지 어머니 생각이 났다. 시골집하고 진수 아버지 사는데 하고는 불과 100미터도 안 떨어져 있고, 진수하고는 친구 중에서도 가까운 친구로 지냈는데 그런 친구도 못 본 지가 몇 년이 되었는지 모른다.

'친구 아버지이자 동네 아저씨가 돌아가셨다는데, 여기를 안 가면 안 되는데…….'

하지만 결국엔 가지 못했다. 은행 이자도 못 내서 집에 가압류 딱지가 모든 물건에 붙어 있고, 몇 달 뒤면 경매에 부친다고 하는 상황에 어떻게 해야 할지 대책이 없었다. 이렇게 살아서 뭐하나 하는 생각에 고작 생각해낸 것이

'모든 것을 이쯤에서 이 더러운 세상과 하직 인사나 할까!'

해서 며칠 동안 단식을 하고 못 먹는 소주 한 병을 먹었다. 사무실 대기실에서 한 발자국도 못 움직이고 쓰러져 그 뒤에 어떠한 일이 일어났는지 기억이 없었다.

일어나 보니 병원이었다. 대리운전 사업소 사장님이 병원비를 내주어 퇴원하고 대리 사무실로 갔다. 사무실 안쪽에 침대와 밥을 지어 먹을 수 있는 식자재와 쌀을 갖다 놓았다. 여기서 좀 쉬었다가 사무실에서 사무일을 도와 달라고 했다.

여사장이라 섬세하고 잘 챙겨주곤 했었다. 일하고 오면 늘 음료

수와 먹을 것을 테이블 위에 놓고 휴식을 취할 수 있게 널따란 소파도 갖다 놓았다.

사무장이란 직책으로 일정한 보수도 받고, 낮에는 영업도 하면서 마음의 안정을 찾았지만, 집 경매 날짜는 하루가 멀다고 점점 피가 마를 정도로 나의 숨통을 조여 오고 있었다. 낮에 시간만 있으면 먼 산과 하늘을 쳐다보는 게 일상생활이 되었다. 하루는 여느 때와 달리 머리가 맑아지면서 앞으로 어떻게 헤쳐 나가야 할지에 대해 골똘히 생각하고 고민이 깊어졌다.

한번 밑져야 본전이라는 생각에 여사장에게 상담을 요청했다. 그 여사장은 아는 사람들이 많아 가능할 거라 믿었기 때문이다. 일단 직장에 들어가 운전기사라도 하면 일정한 보수가 생기고, 그 보수의 일부를 할부식으로 갚는 조건으로 가압류된 목돈을 마련해보려는 것이다.

여사장에게 그동안 살아온 것을, 그리고 현재의 상황을 자세히 말해 주었다.

"그럼 진즉 말씀하시지요. 그런 고민은 고민도 아닙니다. 제 주위에 좋은 분들이 많이 있습니다. 알아볼게요. 나도 여기까지 와 있기까지는 많은 시련이 있었어요."

때로는 부드러우면서도 카리스마가 있는 여장부였다. 남편하고 이혼하고 슬하에 여아가 둘이 있다. 아침에 두 아이를 유치원에 맡기고 낮에는 영업도 하고 대리운전도 하고, 저녁 늦게까지 사무일을 보며 억척스럽게 사는 모습을 늘 보아 왔다. 기사들이 나약한 모습을 하면 단호히 질책을 한다.

"집에 있는 마누라하고 애들 생각해 봐요. 힘들게 벌어서 술이나 먹고 허송세월 보내느냐!"

고 꾸지람도 하고,

"가장이 되어 가지고 조금 힘든 것 가지고…… 정신상태가 썩었어요. 그래 가지고 무슨 가장노릇을 한다고!"

하며 훈시도 한다. 여자보다 어머니이기에, 강하고 모성애가 애들을 예쁘게 잘 키우는 모습을 보면서 가슴 깊은 곳에서 뭉클한 감정이 나를 반듯하게 세워 주었다.

일요일 아침, 흐뭇한 표정을 지으며 사무실에 나타났다.

"한 기사님, 어디 있어요? 제가 정말 기분 좋은 하루네요. 부탁한 것, 잘 되었어요. 이제는 집에 들어가셔서 가장 노릇하면서 참고 견디다 보면 잘될 거예요. 한 기사님은 모범적이고 열성적이고 노력하는 사람이라서 분명 좋은 일 있을 거예요. 혼자이면 벌써 제가 낚아챘을 거예요."

다른 말은 귀에 들어오지 않고, 오직 집의 압류를 풀 수 있어 날아갈 듯 기뻤다. 이제 직장 생활을 통해 정상적인 생활로 돌아가고 있었다.

2006 년 1월 6일. 생애에 가장 기쁜 날.

입사를 했다. 마음의 자세를 새로이 세웠다. 이제는 주어진 일을 열심히 하고, 불만이 있더라도 참고 견디며 살다 보면 좋은 날이 있을 거라 믿고 땅만 쳐다보고 다녔다.

그동안 힘들었던 것이 얼굴에 씌어 있는지, 경리도 기분 안 좋은 날이면 퉁명스러운 말로 한마디씩 내뱉고, 금형실에 있는 양 과장도 시킨 일에 실수라도 하면 서슴없이 거친 말이 나온다. 나이가 많게는 열일곱 살에서 스무 살 차이인데 함부로 대하는 것은 내가 부족함이 많아 그런다고 생각하고, 언젠가는 나의 진면목을 보여 줄 때가 있을 것이고 나의 관리 안에 들어올 거라 믿었다. 나는 눈물을 눈 안에 삼키고, 귀를 귀 안에 접고, 이를 악물고 자존심을 버렸다.

밤에는 대리운전을 조금씩 하면서 이자도 갚아 나가고 생활비를 조금씩 보태고 하면서 구겨 있던 아버지와 남편의 위치를 찾아가고 있었다. 어느덧 삼 년이라는 세월이 흘렀고, 사장한테도 인정을 받게 되었다.

모든 것을 내려놓고 욕심내지 않고 주어진 업무에 충실하자, 젊은 친구나 거래처 고객사나 내가 대하는 태도에 따라 그 사람들도 달라지고 있었다. 내가 미소와 따뜻한 마음을 가지고 진정으로 대할 때 비로소 소통할 수 있다.

그리고 드디어 회사에서 인정받아 과장이란 무거운 직책, 중심적인 역할을 해야 할 위치에 왔다.

'이왕 하는 일이라면 즐거운 마음으로 일하자. 나이도 쉰이 넘었고, 이제부터라도 한 가지 취미도 갖고, 나의 것을 소중하게 생각하고 긍정적인 사고와 열정적인 마음, 인내와 끈기를 갖고 한 가지라도 한 문장이라도 써 내려가자!'

내 인생에 한 페이지의 공간을 채워 보려 한다.

오월 아침, 출근하는데 수리산 산자락에 솜털 같은 안개가 무거운 산을 가볍게 들어 올리고, 계곡을 따라 포근한 잠자리 이불을 살포시 깔아 내려가고 있었다. 이 장관을 어떻게 시로 표현할지 엄두가 나지 않았지만, '꼭 한 줄이라도 표현해 봐야지!' 하는 마음에 한 줄을 썼다.

"아침 안개 목욕하고 하얀 거품 입에 물고서"

에서 끝나고 생각나는 대로 조금씩 조금씩 이어가, 한 문장이 완성되었다. 그리고 이 기쁨이 나를 변화시켰다.

바로 이게 인생이구나! 시의 한 구절 한 구절의 뜻은 별반이지만, 한 문장과 완성된 글은 그 내용이 얼마든지 달라 보일 수 있다는 것. 어려웠던 어둠 속에서는 모든 것이 어두워 보이고 모두가 잘못된 부정적인 것으로 보였던 것이, 나 자신으로부터 생긴 것이고 내가 처한 환경에 맞물려 보이는 환상이었던 것이다.

행복과 즐거움은 주위에 널려 있다. 그러나 대부분의 사람들은 찾아가려고 노력도 하지 않고, 찾으려고 두리번거리지도 않는다.

우리에게 필요한 것은 다름 아닌 시작과 용기이다.

그런 차원에서 나는 요즘 용기를 내어 소설의 한 페이지, 내 인생의 한 페이지에 행복을 채워 가고 있다.

아버지 시장에 가시는 날이면

두발 짐자전거 위에는 늘 플라스틱 용기가 실려 있었다. 아버지는 아침에 눈을 뜨시면 자전거를 타고 장에 가신다.

양조장에서 술을 만든 다음 술을 다 빼내고 찌꺼기를 버린다. 그것을 하나 가득 실으면 탱탱했던 바퀴에 바람이 꺼진 것마냥 주저 내려앉는다.

막걸리 냄새가 뜨거운 열기로 끓어 짐받이 위에서 부글부글, 냄새가 진동을 한다. 자전거 끝단에는 6남매 먹을 뻥튀기가 매달려 술에 취한 듯 갈팡질팡 플라스틱 용기에 머리를 박는다.

누나만 어머니를 따라서 고구마 밭에 가서 고구마 줄기를 땄다. 딴 자리에는 상처의 즙이 하얗게 상처를 메운다. 나머지 5남매는 아버지 오실 때쯤 신작로까지 나가서 논다. 대로에서 동네 들어오는 길이 가깝게 보여도 한참을 와야 한다.

멀리서 봐도 아버지 자전거임이 한눈에 들어온다. 자전거 여기저기 매달려 집안으로 들어선다. 다섯 남매는 자전거에 매달린 뻥튀기를 쥐도 새도 모르게 따다가 대청마루에 풀고 먹는다. 아버지는 그런 모습을 보면서 엷은 미소로 흐뭇해하신다.

고구마 줄기, 콩대 등 수레에 한가득 어머니가 앞에서 끌고 고사리 같은 손으로 뒤에서 밀고 집에 들어섰다. 수건으로 땀을 훔치고 어머니는 뜰방에 털썩 주저앉으셨다. 하루 종일 밭에서 사셨으니 힘드시지.

아버지는 고구마 줄기를 일정한 크기로 다시 묶어 시장에 내다 팔 준비를 일찌감치 하신다. 대바구니에 담아서 짐자전거 위에 실어놓는다. 아버지는 그 무거운 짐을 싣고 자전거 두 페달을 연거푸 저으며 시내로 향한다. 어머니는 먼저 버스를 타고 시장일을 보시다가 시장 한 귀퉁이에서 아버지와 접선한다.

일찌감치 시골에서 오이며 가지며 갖가지 것들을 가지고 둥지를 하나씩 틀고, 늦게 도착한 사람은 햇볕도 들고 가장자리를 차지하게 된다. 그래도 다행히 가장자리라도 햇빛 가림막도 있어 행운이 따른 것이다.

세상만사 내 뜻대로 되겠냐만, 그날 어머니는 오전에 다 팔고 오셨다.

그런데 아버지는 시장에 가시기만 하면 함흥도 아닌데 차사이시다. 그렇다고 어디에 계신지 알아볼 수도 없다. 통신수단이 없었기에 동네 아저씨나 아주머니한테 물어보면

"푸줏간에 계셨었는데……."

푸줏간 아주머니하고 한나절, 농기구 파는 데에서 한두 시간, 마지막으로 농약사에 들르시고, 고등어 몇 마리 사서 짐받이 두 군데 대롱대롱 매달고 집에 오시면 해는 하루 인사를 마치고 저 산 너머로 반쯤은 몸을 눕히고 있다.

할머니도 아버지가 오실 때까지는 마음을 놓지 못하시고 대문 밖까지 여러 차례 들락날락하신다. 우리는 저만치서 아버지의 헛기침 소리를 놓치지 않고 달려 나간다.

제일 먼저 눈이 가는 곳은 자전거 짐받이이다. 그쪽에 무엇이 있나 확인부터 한다. 이번엔 할머니가 좋아하시는 고등어자반. 조금 실망했지만, 내일은 우리가 먹을 과자를 사오시니까 그리 속상하지는 않았다.

어머니가 저녁을 지을 때 자반고등어 냄새가 마당까지 넘실대고 있었다. 코끝을 벌렁대며 부엌으로 가서 엄마한테 한 조각 달라고 보챘다. 하지만 엄마는 어림도 없다는 듯 단호했다.

고등어 한마리가 네 조각 정도 나오는데, 할머니·아버지·어머니·누나 하면 나까지는 턱걸이도 안 된다. 그런데도 식사할 때가 되면, 귀한 손자라고 고기를 떼어서 밥숟가락에 얹어 놓아 주신다.

식사자리에서 어머니가 한 말씀 하신다.

"당신은 시장일 본 게 언제인데요? 그리고 밭일이 얼마나 태산같이 밀려 있는지 알아요? 시장에 가기만 하시면 늦는 게 태반사이니 밭농사를 어떻게 지을 수 있어요?"

그러면 옆에 계시던 할머니께서 아버지 역성을 든다.

"시장가서 이런 사람, 저런 사람 만나는 것도 다 살아가는데 도움이 되는 거여. 넌 무슨 말을 그렇게 한다냐? 애비가 어련히 할려고. 애비 내일도 갔다 와야 하겠다. 내일은 가면 그 단골집에서 잡골과 살코기로 된 고기 좀 사와라!"

푸줏간 아주머니와 동상 아우 사이나 되는 듯 아무 거리낌 없었다. 사서 가져오는 게 아니라 자주 얻어다 먹었던 터라 그 일은 식은 죽 먹기다. 그동안 말동무하고 닦아 놓은 친분이 있었기에 보람이 있다.

그러나 그냥 시장에 가기에는 시간 낭비. 아버지는 곰곰이 머리를 회전시켰다. 짐자전거 뒤에다 수레를 매달고 가면 많은 것을 한 번에 이동시키고 두세 집 것을 옮겨 줄 수 있는 기발한 아이디어를 창출했다. 당시 아주머니들은 물건을 사면 머리에 이고 가든가 수레를 끌고 가든가 했다. 짐자전거는 거의 없었던 때였다. 처음 시도해 보는 일이라서 무리는 있었다. 시내 거의 다가서 뚝방길 오르막이 문제였다. 타고 가는 건 더군다나 안 되고, 어쩔 수 없이 내려서 끌고 오르는데 힘이 부쳤다. 다행히 주위 사람들이 있어 도움을 받았다.

동네 아주머니들이 버스를 타고 시내에 먼저 와 스타처럼 반갑게 맞아 주셨다. 짐을 다 풀어 드리고 참새 방앗간 그냥 못 지나가듯이 푸줏간을 들렀다. 잡골, 간, 소고기, 돼지고기 그리고 애들 눈이 12개가 눈을 크게 뜨고 기다리는 뻥튀기와 과자를 자전거에 싣고 행복해 하시며 페달을 밟는다.

동네 어귀에서 아는 사람들이 아버지보고 "형!"이라 하고, 아버지는 또 "형 아들, 형 딸!"이라며 주다 보면, 커다란 소쿠리 안에는 거의 비었다. 그래도 나누어 먹는 게 흐뭇하셨던 아버지가 집 안에 발을 들여 놓자마자, 할머님 왈

"아범, 왜 이제 와? 아까 출발했다고 하던데……."

"동네 사람들과 얘기하느라고요."

"그려, 그래야지."

"잡골은 어디에 있어?"

"바구니 안에요."

그쪽으로 가셔서 확인하신다.

"왜 이것밖에 안 돼?"

"동네 사람들 주다 보니 얼마 안 돼요. 죄송해요."

하신다. 할머님 왈,

"괜찮다. 콩 한 조각도 나누어 먹는 게 이웃지간에 정이고 살아가는 것이여."

하신다.

그래도 과자는 바구니 안에 고스란히 담겨 있었다. 서로들 차지하려 하니까 할머니께서 모두 압수하여 벽장에 넣어 놓고 일정량을 배급해 주셨다.

그중에 한사람은 특혜가 주어진다. 6남매 중 손자는 하나. 똑같이 나누어 주되 나중에 아무도 모르게 먹으라고 내어 주신다. 그럼 나는 눈 깜짝할 사이에 먹고 시치미를 뗀다. 할머니도 아무 일 없었던 것처럼 표정이 그대로이시다. 아버지는 애 버릇 나빠진다고 성화다.

한번은 할머니가 고물하고 바꾼 엿을 손자 주려고 신문지로 싸서 고이 넣어 놓았는데, 신문지로 제대로 염을 해서 종이가 떨어지지 않는 것을 먹으라고 내놓으신다. 그래도 누가 볼까 봐 몰래 먹느라고 맛이 있는지 없는지 생각을 떠올리지 않았다.

아버지는 할머니 손자 사랑이 지나치다는 걸 알고, 과자든 뭐든지 똑같이 나누어 준다. 아들 버릇 나빠질까 봐 가끔 잘못된 행동에 회초리를 들곤 하셨다. 할머니께서 혼나는 광경을 보게 되면, 아버지한테 화를 내신다.

"손자 하나 있는 것, 애를 잡네."

아버지는 그렇게 하시고 속상하신지 밖으로 나가셨다.

어머니는 밭에서 수확해 온 가지며 오이, 열무, 고구마 줄기 등 여러 가지를 손질해 대바구니에 가득 채워 놓으셨다. 시장 가셔야 할 아버지가 보이지 않으니 마음이 바빠지셨다. 빨리 가서 햇볕이 안 드는 좋은 자리를 차지해야 해서 급히 찾아 나섰다.

하지만 아버지는 느긋한 성격이라서 걱정거리도 별로 없는 듯해 보인다. 그러다 보니 어머니는 아버지에 대해 늘 불만으로 가득하다. 동네 사람들과 얘기하고 술 한 잔 하시다 보면 또 하루해는 지고 만다.

겨우 찾아서 시장에 물건을 갖다 달라 하고 어머니는 불이 날 정도로 버스정류장으로 달리셨다. 아버지도 덩달아 급하신지 서두르셨다.

밭에 풀약을 해 놓으라고 어머니가 신신당부해서 시장에 물건을 내려놓고 집으로 돌아오시는 중에 그만 승용차와 접촉해 정강이쪽에 뼈가 부러지는 사고가 나고 말았다. 결국 아버지는 당분간 병원 신세를 지셔야 했다.

아버지는 이제 페달을 밟을 수가 없어 자전거로 시장에 가시는 것을 포기하셔야 했다.

늘 자전거 위에 빈 바구니가 놓여 있는 모습도, 짐받이에 매달려서 오던 뻥튀기와 생선도 볼 수 없고, 아버지의 상처만큼 자전거도 부상을 입어 수리소에 맡겨졌다.

아버지 시장 다녀오실 때마다 웃음과 행복을 하나 가득 실어 나르셨는데…… 가족들이 아버지 시장에 가시는 걸 하루 빨리 보았으면 하는 마음으로, 할머니 어머니 우리 6남매도 두 손 모아 기도를 한다.

별은 뜨는 걸까

홀어머니 밑에서 남매 중 둘째 외아들로 몸이 약하고 키도 작아 농사일이든 잡일이든 어머니가 시키지를 않았다. 고등학교까지는 억지춘향으로 책가방만 들고 학교를 왔다 갔다 했다.

시골에서 할일을 찾아보기 힘든 철호는 어머니의 성화에 못 이겨 서울에 사는 사촌형한테 무작정 찾아갔다. 토끼하고 발맞추고 부엉이 소리에 잠을 청한 철호는 강릉 시내를 제일 큰 도시로 생각했다가 큰 낭패를 당하고 있었다. 서울에서 사촌형 찾기란, 사막에서 보석 찾는 격이나 다름없었다.

주소 하나 가지고 물어 물어서 간신히 찾았을 때는 이마에서 땀방울이 여드름처럼 맺혀 있었다. 너무 긴장하고 힘들었던 모양이다. 시골에서 보았을 때는 통통하고 체격도 좋았던 것 같은데, 일이 힘든지 홀쭉하고 말라 보였다. 사촌형이 보내준 곳은 플라스틱 사출공장 주야간 교대로 근무하는 곳이었다.

거기에서 근무하는 사람들이 한결같이 호리호리한데다 얼굴도 그을려 있었다. 철호는 눈알이 개구리눈 마냥 튕겨져 나왔다. 사출 기계 저 큰 쇳덩어리끼리 부딪히며 내는 굉음소리하며, 수증기가 지붕으로 솟구치니 촌놈이 놀랐을 수밖에. 과연 일할 수 있을까? 고개를 내저으며 반신반의했다.

공장장이란 분이 설명을 했다. 처음부터 잘할 수는 없고, 일단은 공장 청소를 하다가 몇 개월 흐르면 기초부터 하나하나 배워 가자며 내일부터 나오라고 하였다. 그리고 사촌형이 오갈 데 없으니 무조건 붙잡아 놓으라고 얘기해 놓은 상태다.

철호도 그 사람들과 똑같은 모습으로 변해 갔다. 몇 년이 감쪽같이 흐르고 시골 어머니도 편찮아지면서 철호를 볼 때마다

"사귀는 여자 없냐? 이번에 시골 내려오면 선을 보자."

하신다.

그때 나이 스물다섯. 참 좋을 때임엔 틀림없다. 그렇지만 몸은 왜소한데다 얼굴은 그을리고 돈도 벌어 놓은 게 없어 마음에 걸리는 게 많았다.

어머니의 마음이 다급한 이유를 알게 된 누나는 서둘러 동생을 결혼시키는데 혈안이 되었다. 누나 친구의 여동생과 회사 지인의 조카와 두 개의 맞선자리가 생겼다.

지인의 조카는 눈이 눈썹보다 위에 있는 것 같은 생각에 겸손하게

포기하고, 왠지 누나 친구 여동생 쪽으로 끌리는 것이다. 누나에게 선 본다고 대답해 놓았다. 반가운 마음에 누나는 그 즉시 친구한테 연락을 해 선볼 날짜와 장소를 잡았다.

누나 친구도 착하지만, 동생은 얼굴은 보름달이고 미소는 해바라기, 마음은 순심이. 하나도 나무랄 데 없는 아가씨라는 것을 철호한테는 그런 여자가 제격이라고 누나한테 귀에 딱지 질 정도로 들어 왔다. 철호도 무척이나 궁금했다.

만나기로 한 곳은 삼류다방. 예의상 먼저 누나와 같이 기다리기로 했다. 조금 후에 누나 친구분이 앞에, 뒤에는 보름달처럼 생긴 예쁜 아가씨가 해바라기 미소를 지으며 들어선다.

철호도 예의는 누구 못지않게 바른 청년이다. 자리에서 벌떡 일어나 자리로 안내하며 인사를 건넨다.

들어설 때와는 달리 머리를 숙인 채 말이 별로 없고, 묻는 말에 간신히 대답만 할 정도로 숫기가 없는 것 같았다. 그런 얌전한 모습과 앞 머릿결 밑으로 새어나오는 엷은 미소에 철호는 심장 박동수가 점점 빨라지고 있었다.

난영이는 철호의 마음을 훔치기라도 하듯 미소를 자주 지었다. 난영이도 싫은 모양은 아닌가 보다.

간단히 차 한 잔 마신 후에, 누나가 시킨 대로 맘에 들면 아가씨한테 식사하러 가자고 하고, 마음에 들지 않으면 차 마시는 걸로 미리 정한 대로 이어져 갔다.

서로 얘기가 끝날 무렵, 칠호가

"여기서 나가서 식사하러 가시지요."

하고 말을 꺼내자, 누나는 이어서

"우리 둘은 따로 가서 얘기도 하고, 오랜만에 영화 감상한다."

고 하셨다. 철호는 누나 친구분한테 깍듯하게

"다음에 식사 대접하겠습니다."

밝고 기분 좋은 어조로 인사를 하고, 난영이와 처음으로 레스토
랑이라는 곳을 갔다. 주문하는 안내책자엔 생전 들어 본 적도, 본
적도 없는 음식 이름인데다 가격도 철호의 눈을 뒤집어 놓았다.
책자를 난영이한테 건네며 주문을 요청하면서도 '비싼 것을 고르
면 어쩌지?'하고 내심 걱정을 하고 있었다.

그런데 마음이 착하다. 그중에서 제일 싼 것을 주문한 것이다. 철
호는 마음속으로

'이 여자 절대 놓치지 말아야지!'

마음속으로 또 한 번 다짐을 한다.

이번엔 극장으로 안내를 한다. 난영이는 싫다 좋다 말 한마디도
하지 않고 철호 하자는 대로 이끌려가고 있다. 난영이로 말하자
면, 마음속에 있는 생각을 상대방에게 전달하는 것이 많이 부족
하고 싫은 얘기와 상대방이 요구하는 걸 거절하지 못한다.

영화관에 들어서자, 암흑이 펼쳐졌다. 한 치 앞도 보이지 않자,
난영이는 철호의 윗도리 끝을 잡았다. 그러자 철호는 난영이의

부드러운 손을 낚아채어 더듬더듬 안으로 들어가 자리에 앉는다. 두 사람의 손은 관람하는 내내 자석처럼 붙어 있었다. 남녀 간의 애틋한 사랑표현이 나올 때면 두 사람의 가슴은 더워지고, 두 손은 꼬옥 쥐어졌다.

철호는 난영이한테 술을 할 줄 아느냐고 물어본다. 술의 힘을 빌려 용기를 내어 난영이한테 더 가까이 가기 위한 생각이 구렁이 꿈틀대듯 움직이고 있었다.

그런데 난영이는 겉모습과 달리 술을 어지간히 먹어선 얼굴에 기별이 안 온다. 그 예로 화장품 만드는 회사에서 회식을 할 때도 다른 사람들이 자리에서 털고 일어나도, 술 생각에 늘 아쉬워하는 사람이다. 그런데 철호의 물어보는 말에 난영은 내숭을 떤다.

"조금 할 줄 알아요."

철호는 잘되었다 싶어 관람을 끝내고 술 취한 난영을 보기 위해 선술집으로 직행했다. 철호는 보리밭 옆을 지나가도 취할 정도로 약하다. 그렇지만 정신 가다듬고 먹으면, 가까스로 소주 한 병까지는 턱걸이 할 정도는 된다.

난영도 이 남자의 주량이 얼마나 되는지 알 수 있는데다 성격도 파악할 수 있는 좋은 기회라 생각하고 따라 들어갔다. 난영이는 물고기가 물을 만난 것 마냥 몇 잔이나 연거푸 "짠! 브라보! 파이팅!" 하며 권하니, 철호의 얼굴이 벌겋게 달아오르며, '난영'이 아닌 '라영'으로 부르며, "한눈에 반했어요." 혀가 약간 말려 새어 말이 새어 나오기 시작했다.

난영은 철호의 그런 모습을 보고, 술 몇 잔에 저 정도니 밤 행사도 부실할 거라 생각하고 '만남은 오늘이 끝이야!' 하고 앞을 보니, 이미 철호는 식탁에 머리를 조아리고 있었다. 낮에 보았을 때는 조금은 마음 한구석을 차지했었는데 술에 취한 모습에 술집에 버리고 갔으면 하는 생각마저 든다. 늘어진 어깨에 팔짱을 끼고 택시를 불러 태워 보내고 집으로 돌아왔다.

난영은 오늘 있었던 일들을 생각하며, 회사 김 대리, 친구의 오빠, 철호와 셋을 놓고 키 재기를 해보고 있었다.

김 대리는 화장품 회사 여사원들이 저마다 눈독을 들이고 애인이 있는 것 같고, 친구 오빠는 눈이 높아 거들떠보지도 않을 것같았다. 만만한 것은 철호인데, 키가 작고 까무잡잡, 술도 못 먹고 행사도 부실할 것 같아 싫다. 하지만 제일 착하고 내가 하고 싶은 대로 손쉽게 관리할 수 있을 것 같았다. 그래, 좀 더 기다리면서 생각하자.

한편 철호는 선술집에서 집에까지 온 것은 필름상에서 깨끗이 지워지고 어떤 모습으로 비추어졌는지 걱정이 되었다. 하지만 열번 찍어 안 넘어지는 나무 없다고 하는 말을 떠올리며, '열 번으로 안 되면 스무 번이든, 혹은 백 번이라도 찍어야지.' 하며 마음을 다잡는다. 내일부터라도 시작해 보자!

철호는 퇴근할 때 편지지와 꽃봉투를 한 뭉치 샀다. 피곤한 데도 저녁에는 편지 쓰는 게 일과였다. 연애편지답게 쓰려고 관련된 책도 두 권을 사서 그 책에 나온 내용을 그대로 베끼고, 이름과 장소 등 몇 가지를 수정하여 근사하게 써서 우편물 마냥 우표를 붙이고 우표 위에 선을 그으니, 마치 우체국에서 전달된 것 마냥 감쪽같았다.

하루도 빠짐없이 우편함에 넣어 놓고 출근해야 하루가 흐뭇하고 즐거웠다. 우편물은 난영이한테 전달되는 것 같았다. 그렇게 한 달이 다되어 가는데도 응답이 없다.

이번에는 한 단계 업그레이드해서 장미꽃 한 송이와 편지가 난영이의 문 앞에 턱 하니 걸려 있다.

이제는 난영이의 마음도 갈대처럼 물속에서 유영하기 시작했고, 서서히 철호의 보금자리를 틀어가고 있는 것을 난영이도 부인할 수 없었다. 누가 이렇게 정성스럽고 간절하게 사랑의 메시지를 보낸단 말인가. 그을린 얼굴이 구릿빛 남성스러움으로 보이고, 키가 작은 것은 아담하고 귀여움으로 바뀌고, 끈질긴 프러포즈는 열정적인 에너지로 탈바꿈하였다.

결혼하면 공무원이 되어 안정적인 삶을 그리고 난영이를 위해 이 한 목숨 머슴처럼 살아간다고 줄줄이 꿰어 보면 공약이 한 다발. 지켜지든 안 지켜지든 난영의 마음을 굳혀가고 있다. 난영은 철호가 올 때쯤 문에다

"시간나면 만나요. 날짜와 시간을 적어 주세요.

하고 하트 모양과 덧붙여 놓았다.

철호는 이 날이 오기를 학수고대했다. 혹 꿈은 아닐는지 볼을 여러 차례 꼬집어보고 나서야, 생시임을 알 수 있었다. 하루라도 빨리 만나고 싶은 마음에 그 주일 토요일 오후 늦은 시간으로 잡아놓았다.

철호는 1박2일 코스를 생각하며 서울에서 가까운 인천 전철로 가서 섬 쪽을 알아보았다. 영종도 꽤 큰 섬. 철호도 촌놈이라 한 번도 가 본적이 없어 114에 전화해서 인천항터미널 전화번호를 알아낸 뒤 몇 시가 마지막 운항시간인지, 또 나올 때는 몇 시인지 확인했다. 7시에 들어가면 그 날 나올 수 없다는 것이다. 오호, 쾌재라! 휘파람이 이마를 타고 허공으로 날렸다.

난영이도 토요일이라 모처럼 외부로 나가서 분위기 있는 만남도 기대하고, 바닷가 쪽 백사장에 가서 '나 잡아 봐라!' 하며 영화 속 한 장면을 그려 보고도 싶기도 하고, 시집가기 전에 좋은 추억이라도 만들고 싶은 한주 토요일이 돌아왔다.

회사에서 오전 근무하고 부랴부랴 집으로 와서 이 옷 저 옷 입어보고, 산뜻한 차림과 얼굴 공사에 열을 올렸다. 화장품 회사에 다니니까 화장은 기본 이상으로, 때로는 세련되게, 때로는 야하게 할 수도 있다. 이날은 세련되고 참한 화장을 선택했다.

영등포역에서 만나기로 한 시간이 오후 네 시. 십 분 정도 늦게 도착했다. 이미 철호는 삼십 분 전에 도착했다. 원래는 청바지 차림이었지만, 난영이 만난다고 구두도 광을 반짝반짝 내고 웃옷도 새 옷으로 사 입었는지 핸섬하고 귀여워 보였다. "난영 씨" 하며 다가와 손을 가져갔다.

전철에서 몸이 하나 반 정도로 가까운 사이가 되어 인천에 도착했다. 해안가를 따라 바다 내음에 심취하고, 갈매기도 반갑다고 날갯짓하고, 멀리에선 큰 화물선이 파도를 가르며 점점 시야에서 흐릿, 가까이에선 여객선이 손님을 맞으려 부두에 들어오고 있었다.

터미널에 여객운항시간을 보니 한 시간마다 있었다. 철호의 작전대로 하자면 7시인데, 그때까지는 한 시간 반 남짓 남았다. 그래서 철호는 난영이한테 횟집에서 밥을 먹고 나오면 7시 정도에 맞아 떨어지니까 7시 표를 사자고 권했다. 난영이는 흔쾌히 승낙했다. 표 두 장을 샀다. 그런데 유리벽 안에 있는 안내원이

"이따가 나오는 것은 없어요."

라고 말한다. 그러자 철호는

"그럼 숙박시설 있으니까 자고 나오지."

하고 응답했다. 난영이는 속으로 더 잘되었다고 좋아하면서 난색인 표정을 짓는다. 철호는 난영이가 내숭 떠는 것을 눈치 채고는 무표정으로

"이번에 제대로 못 보고 가면 후회해. 이왕에 온 것, 재미있고 즐거운 시간 만끽하고 가자. 내일 일요일이니까."

이에 난영은 못 이기는 척 철수의 허리춤에 기어 들어가다시피 떨어지지 않고 다닌다.

뱃고동 소리와 바닷바람, 갈매기의 안내를 받으며 영종도로 향했다. 선착장에는 나가려는 사람들과 차가 한데 뒤엉켜 북적거리고, 들어가는 사람들은 섬 주민과 연인 사이로 보이는 사람들로만 채워져 있는 걸로 보아서 새로운 역사를 만들려는 것 같은 생각이 들었다.

서서히 어둠이 파도와 겹겹이 주름 잡혀 해안가로 밀려오고, 숙박할 수 있는 민가에도 불이 드문드문 켜지며 철호와 난영이를 반갑게 맞이해 주었다. 방 안에는 두 사람이 잘 수 있게 구조와 침구류가 가지런히 정리되어 있고, 벽에는 눈이 호강할 수 있는 그림 몇 점도 철호와 난영이의 사랑을 드높여 주고 있었다. 철호가 계획한 대로 잘 풀려, 역사는 영종도에서 만들어지는 것 같았다.

난영은 부모로부터 결혼 전에는 애를 가져서는 절대 안 된다는 것을 누누이 귀에 못이 박힐 정도로 들어 왔다. 그런데 오늘의 상황은 공습경보인데, 경계경보로 하루를 만들 생각이었다.

바닥에 까는 이불도 하나, 요 위에 덮는 이불도 하나라 좁은 방 안에서 따로 잘 수 있는 묘안이 서지 않았다. 난영은 철호한테 의

사를 타진한다. 철호 씨가 침대에서 자고, 난 아주머니한테 얘기
해서 방바닥에 잘 거라고 했다. 이에 철호는

"그럴 것이 아니라 덮는 이불 하나만 더 달라고 해서 침대에서 삼
팔선 긋고 자면 어때?"

그 말에 동의를 한다. 하루의 여정을 정리하고 침소에 들어간다.
얘기한 대로 경계선을 넘어 오지 않기로 하고, 미래에 대한 몇 마
디 주고받다가 잠을 청했다. 그러나 둘은 눈만 감고 있을 뿐, 철
호는 조금 있다가 잠이 안 온다면서 난영이한테 말을 건다.

"사랑스런 난영이가 옆에 있으니 현 상황이 꿈인지 생시인지 모르
겠어. 우리 이렇게 손이라도 잡고 잡시다."

난영이도 싫지는 않다.

"그래. 손만 잡고 자."

가슴이 콩닥콩닥 서로를 확인만 할 뿐 밤은 깊어만 갔다. 결국 잠
이 들고 말았다.

철호는 새벽에 눈을 떠 보니 난영이가 가슴 쪽에 들어와 있는 게
아닌가. 남자의 가슴에 불을 지핀 것이다. 난영이를 끌어안았다.
난영은 한참 동안 "이러면 안 돼요, 안 돼. 아_안돼!" 하다가 나
중에 "돼요."로 매듭을 지었다. 철호와 난영의 눈에는 사랑의 눈
꽃이 이글거렸다.

동쪽하늘에 해가 둘을 반기듯 볼연지 찍고 일찌감치 수평선을 저
으며 올라오고 있었다.

해안가 백사장이 어제와 달리 하나가 된 철호와 난영이에게 산뜻한 자리를 깔아 주고 갈매기는 끼룩끼룩 노래를, 파도는 넘실거리며 다가오고 있었다.

한쪽 팔을 높이 들고 모래밭을 질주했다. 난영은 갑자기 잡았던 손을 뿌리치더니 "나 잡아 봐라!" 하며 영화의 한 장면을 연출하고는 철호를 놀려대며 멀어져 갔다. 신이 난 철호는 바람을 가르며 쫓아가 포옹하며 끌어안고 몇 바퀴를 휭하니 돌았다.

거칠었던 숨소리를 가다듬고 해안가를 따라 선착장에 도착했다. 이제야 배꼽시계에서 알람이 울렸다.

영종도 1박2일 여행은 짧았지만, 둘한테는 무척 소중하고 동반자의 길로 가는 첫걸음을 내디딘 좋은 시간이었다. 아쉬움을 뒤로하고 인천터미널에 도착했을 때는 오후 1시경. 한낮이라 뙤약볕이 따가웠다. 내일 입고 갈 회사 가운을 빨아야 하고, 청소 등 할 일이 많아 빨리 올라가자고 재촉한다.

이젠 서로의 이력서에 등재되어 있으니 마음 놓고 생산현장에서 신바람 나게 일하며 즐거워하고 있다.

난영은 피곤한 몸을 이끌고 철호의 자취방에 들러 맛있는 반찬과 밥을 지어 놓기도 하고, 철호가 야간할 때는 빨래에 청소까지 해놓고 출근한다. 철호가 이런 사실을 누나한테 알려, 시골 어머니한테까지 연락이 닿자 서둘러 결혼시키자고 하신다.

난영이한테도 소식이 도착했다. 올 것이 온 것이다. 회사에서 정
문을 나서는데, 포장마차에서 새어 나오는 냄새에 헛구역질에 메
스꺼워 간신히 참으며 집에 왔다. 언니한테 철호 만난 것을 얘기
도 하지 않았는데 지금 이런 내막을 알리기가 두렵기도 하고 겁이
났다.

그러나 철호한테는 내 몸이 예전 같지 않고 속이 울렁거린다고 얘
기했었다. 오늘 증상은 확연하게 임신했다는 것을 알 수 있었다.
어차피 나중에 알게 될 일인데 알리는 게 낫겠다 싶어, 언니네 집
에 찾아갔다. 얘기를 꺼내자마자 대뜸,

"너 그럴 줄 알았어. 워낙 어릴 때부터 남자애들은 다 제 것으로
만들어야 직성이 풀리는 애였어. 어쩐지 얌전히 있더라니. 이번
에 잘되었다! 시골 부모님 연세 더 드시기 전에 시집보내는 것도
괜찮아. 철호 누나와 만나서 얘기할 테니까 집에 가 있어."

난영의 입덧은 갈수록 태산, 수척해져 가고 있는 게 안쓰러워 철
호는 최대한 결혼 날짜를 빨리 잡아 집에서 가사일만 하도록 하자
고 누나한테 부탁한다. 그리하여 그해 깊어가는 가을 끝자락 시
월 마지막 일요일에 예식을 갖게 된다.

난영의 배는 눈에 띌 정도로 불러 왔다. 더 이상 회사를 다닐 수
없게 되고, 철호가 쥐꼬리만큼 월급 타오는 것으로 보험료며 애
기에 대한 준비물 등 빠듯한 생활로 접어들었다.

하루 시간이 지루하고 따분했다. 난영은 태어날 아기한테 좀 더

잘해 주고 싶어 구슬 꿰는 부업을 시작했다. 시간이 많아 제법 돈이 되었다. 재미가 솔솔 나기 시작해 맛있는 반찬도 만들어 먹고, 철호의 겨울옷도 마련하고, 천으로 된 기저귀도 준비해 놓았다.

출산날짜가 코앞으로 다가왔다. 난영은 애기 출산할 때 하루라도 휴가를 내서 내 옆에 있어 달라고 사정을 한다. 철호는 몇 명 안 되는 직원이 기계를 맡고 있으니 쉽게 자리를 뜰 수 없어 난영을 이해시키려 한다. 하지만 난영은 처음 당하는 일이라 두려움에 걱정이 앞선다.

결국 철호가 없는 상태에서 남자 아이가 태어났다. 아기 이름을 미리 생각해 놓은 게 있었다. 빛날 '혁'에 나아갈 '진'을 써서, 박혁진. 성을 포함한 이름은 크게 될 인물인 것 같다는 생각에서 결정한 것이다.

아기 낳을 때 별이 보인다는데, 난영은 순조롭게 애를 낳아 다행이라는 생각이 들었다. 철호는 저녁 무렵 한 시간 정도 다른 직원한테 부탁하고 퇴근하면서 들렀다. 손에는 아무것도 들리지 않고, 들어와서는 "수고했다"라든가 "고생했다"라든가 말이 없이 좋은 기분에 웃기만 할 뿐, 손도 잡아 주지 않았다. 이제는 우리 안에 잡아 놓은 토끼인 것 마냥 예전에 공약한 내용은 철호의 머릿속에서 하나둘 지워지고 있었다.

난영은 몹시 서운했다. 병원에 같이 있던 산모는 남편이 옆에 와 머슴처럼 시중을 들고, 산모가 아플 때마다 그 고통을 남편과 같이하고 아기를 낳자마자 선물과 함께 "수고했다"라고 안아 주며 애정 표현을 질투가 날 정도로 해 주었다.

철호에 대해 하나씩 포기하는 사이, 혁진이는 벌써 네 살을 먹고 있었다.

이제부터 본론에 들어갑니다.

철호의 무책임한 자태를 보여 드리겠습니다.

하루는 퇴근 시간도 아닌데 씩씩대며 들어왔다. 자초지종은 그렇다. 발주 받아 양산된 제품이 불량인데 발견을 못하고 많은 수량을 생산해 납품이 되었다. 고객사에서도 난리법석이었다. 그쪽에서도 조립해서 1차 고객사로 넘어가야 하는데, 시간도 없을 뿐 아니라 손해배상까지도 예상되고 있다.

사장님이 화가 많이 나 책임자가 누구인지 묻더니, 책임을 지든지 아니면 그만두라고 고함을 쳤단다. 그런데 그 책임자는 바로 철호였다. 그렇지 않아도 그 회사에 계속 다닐 생각이 없었다. 난영이한테 약속한 대로 공무원이 되어 안정된 생활을 꾸려 나가겠다고 약속했었다.

이번에 기회가 된 것 같다고 판단 철호는 옷 몇 가지를 보따리에 싸서 어깨에 메고 난영이를 향해 공무원 공부하러 절에 들어갈 테니 일 년 동안 찾지 마라고 하며 거침없이 떠나려 하는 것을, 난영이는 바짓가랑이를 잡고 애원한다.

"아직 애도 어리고 내가 회사 나가는 것도 아닌데, 어떻게 살라고……. 좀 더 생각하고 고민한 다음에 해도 늦지 않으니까 며칠만 참고 얘기해 봐요."

눈물 흘리는 난영은 속으로

'이렇게 성질 급했으면 선택을 안 했을 텐데…… 이렇게 막무가내인 사람을…….'

그런데 철호는 뒤도 쳐다보지 않고 쫓기기라도 하듯 줄행랑치는 것이었다. 모퉁이를 지나 희미하게 보일 때까지 철호의 뒷모습을 놓치고 싶지 않았다.

한편으론 '회사에서 얼마나 스트레스를 받았으면…….' 하고 위로를 했다가도, 이런 무책임한 행동에 분노했다. 언젠가 철호는 난영이의 별이 되어 늘 눈앞에서 반짝거리는 희망의 별이 되어 주겠다고 했었다. 난영이는 혼잣말로 "개똥 밟는 소리!"라고 중얼거리며 화를 뱉어 내고 있었다.

방바닥에 철푸덕 앉아 혁진이를 보면서, 앞으로 어떻게 해야 할지 고민했다. 울음을 삭히며 언니한테 전화를 걸어 그동안 속상했던 것을 실타래 풀어내듯 줄줄이 토해내며, 어떻게 살아가야할지 조언을 듣고 싶다고 했다. 이에 언니는

"시간을 갖고 곰곰이 생각하자. 내일 너한테 갈게. 전화 끊어."

힘겨운 밤, 슬픔이 여기저기 덕지덕지 벽에 도배되어 있던 밤을 지새우고 생각해 낸 것이

'철호 오빠의 각오가 정 그렇다면 참고 견뎌내자!'

혁진이를 언니한테 부탁하고, 옛날에 다니던 진일 화장품 회사를 알아보기로 했다.

다음날 언니는 언니 친구인 영자와 한바탕 하고,

"철호가 절에 가서 공무원 시험 준비한다는데 거기가 어딘지 당장 알려줘!"

하니까 기껏 하는 말이,

"시골 동네 들어가는 어귀에 두 갈래 길이 있는데, 왼쪽은 마을로 이어지는 길, 오른쪽은 안흥사 가는 길이야. 만약에 있으면 거기에 가 있을 거야."

어릴 적부터 동네 안마당처럼 놀며 자라 왔던 곳으로, 머리가 복잡할 때나 휴가 때면 절에 갔었다는 것이다. 한때는 절에 들어가 스님이 되려고도 했다는 것이다.

이 말을 들은 언니는 난영이보다 더 화가 나서 난영이를 아침 댓바람부터 찾아왔다. 언니 숙영이는 동생 난영이한테 앞으로 살아가는 지침서를 내려주었다.

"일단 철호가 없다고 생각하고 마음을 굳게 먹어라. 속상하더라도 때는 거르지 말고, 네가 할 수 있는 기술을 하나쯤 배워라."

숙영의 말에 난영은 고개를 끄덕이며,

"언니, 우리 혁진이 언니가 돌봐 주면 안 돼?"

숙영은 아기를 매우 좋아한다.

"그래. 내가 데리고 있을 테니까 회사 다니며 틈틈이 미용을 배워라."

난영은 앞으로의 계획을 세울 수 있었다.

며칠 뒤 회사에서 연락이 왔다. 생산직으로 와 달라고 했다. 전 같지 않지만 어쩔 수 없는 선택이었다.

혁진이를 언니한테 맡기고, 보고 싶으면 가끔 들러서 보고 가라 하신다. 뒤돌아 오는 발걸음이 너무 무겁고 마음은 가을 들녘에 추수한 끝자락에 휑하니 비워진 들녘 같았다. 눈물이 눈가에 맺혀 흘렀다.

철호 씨가 공무원 시험 준비를 잘하고 있는지 궁금해, 주말에는 혁진이를 데리고 안흥사라는 곳을 가보기로 했다.

버스를 두 시간 타고 안흥사 입구까지 택시로 이십여 분.

혁진이를 업고 기저귀 가방을 옆에 끼고 한참을 걸어 들어가 주위에 계신 스님한테 공무원 공부하러 온 사람 없냐고 물어보니까 고개를 갸우뚱하면서 조금 전에 바람 쏘인다고 산에 올라갔다고 한다. 한 번 올라가면 저녁때나 내려온다는 말을 하면서, 묵고 있는 방을 가리켰다. 연신 쳐다보며 고개를 가로로 젓는다. 총각으로 알았던 모양새다. 가정이 있는 사람이 절에 와 있는 것이 이해가 안 되는것 같기도 하다.

방 안에는 간단한 침구류와 밥도 먹고 책도 볼 수 있는 둥그런 상에 몇 권의 책이 주인을 기다리고 있었다. 사회생활이 힘들어 피신해 있는 느낌이 들었다. 책을 펼쳐 보지도 않은 채 깨끗하게 놓여 있다.

칭얼대는 혁진이를 달래며 두 시간 정도 기다렸는데도 그림자마저 나타나지 않아, 바깥에 나와 나이 드신 스님한테

"이 방에 있는 사람 언제 와요?"

하고 묻자,

"그 젊은이 무엇 하는 사람인지 모르겠어요. 해가 져야 내려와요. 자고 가시려면 몰라도, 오늘 가시려면 여기서 5시 반에는 나가셔야 서울 쪽으로 가는 차를 탈 수 있어요."

난영은 방 안에 혁진이와 왔다 갔다며 빠른 시일 내로 오라는 메모를 남겨두고 서울로 올라왔다.

이렇게 무심할 수가…… 혁진이가 보고 싶지도 않나? 이해가 되지 않는다.

이제는 철호의 빈자리가 그리 커 보이지도 않고, 오히려 없음으로 해서 신경 쓸 일이 없고 늦게 들어와도 누가 간섭할 사람이 없다.

얼마 전 언니가 수원으로 이사 가면서 혁진이도 따라갔다. 혁진

이도 엄마와 몇 달 동안 떨어져 있어서 지금은 찾지 않고 잘 놀고 있다고 한다.

회사에서 회식을 하다 보면 2차로 노래방도 가고, 스트레스 날려 버리러 흔들고 비비는 데도 간다. 술이 술을 먹고 취해서 몸도 제대로 못 가눌 정도로 집에 올 때도 있다. 회사 여직원 중에 춤을 잘 추는 걸 보고 부러워 취미로 춤을 배우려고 학원에 등록했다. 술 한 잔 걸치고 음악소리에 춤을 추면 모든 스트레스가 확 가시곤 했다. 그렇게라도 하지 않으면 난영은 미칠 것만 같았다. 브루스를 배울 때면 잘생긴 선생님과 음악에 맞춰 몸과 마음이 칵테일 되어 즐겁고, 그 시간이 늘 기다려졌다. 일주일에 세 번은 퇴근하자마자 직행한다. 술을 좋아해서 회사 동료들과 함께 하다 보면 일주일에 5일 정도는 집에 늦게 들어간다.

난영이가 이렇게 하고 있을 때 철호는 공무원 시험을 두 번 봐서 두 번 모두 떨어졌다. 이제 더 이상 절에 머물러 있을 수가 없었다. 방세와 식대가 많이 밀려 있어 스님한테 충고와 경고도 함께 받았다. 쉴 것 다 쉬고, 계획성 없이 공부하면 결과는 뻔한 것.

따끔하게 지적을 받고 나서 돌아와 생각한다. 사회성이 부족한 철호는 잠시 일 년 동안 사회로부터 벗어나고 싶었던 것. 그 핑계였을 것이다. 다시 돌아가자니 면목도 없고, 딱히 다른 데 갈 곳도 없다.

그러나 갑자기 혁진이가 보고 싶은 건 어쩔 수 없는 아버지의 마음이다. 그 마음이 철호로 하여금 서울로 발걸음을 옮기게 하는 용기를 주었다.

집에 들어가려 해도 키가 없었다. 저녁때까지 주변 공원에 배회하던 철호는 난영을 발견한다. 그런데 난영은 술에 취해 어떤 건장한 남자의 부축을 받으며 집에 들어가고 있지 않은가. 그리고는 한참 뒤에 나와서 어디론가 사라졌다.

바로 집 현관문을 당겨 보았다. 스르르 열렸다. 슬금슬금 들어가 비어 있던 방으로 골인해 숨죽이며 그렇게 하룻밤을 잤다.

난영이는 언제 어떻게 집에 왔는지 생각이 나질 않았다. 그 잘생긴 춤 파트너와 포장마차에서 술을 마신 것을 빼 놓고는 그 이후에 어떠한 일들이 있었는지, 전혀 깜깜이다.

갈증이 나서 거실에 나와 보니 이상한 기류가 흘렀다. 문도 잠겨 있지 않고, 어디에선가 많이 보았던 남자 신발이 놓여 있다. 주위를 살펴본 다음, 작은방 문을 열었다.

거기에는 이불도 베개도 베지 않은 채 웅크리고 철호가 자고 있었다. 성질 같아서는 나가라고 하고 싶었지만, 그 모습이 초라하고 불쌍해 보였다. 모른 체하고 회사에 출근했다. 오늘은 지르박을 배울 코스인데, 철호가 집에 와 있으니 일찍 들어가 어떻게 된 것인지, 또 앞으로 어떻게 살아갈 것인지 결판을 내고 다짐도 받아내야겠다는 마음으로 벼르면서 집에 들어왔다.

그런데 철호는 안 보이고 식탁 위에 쪽지 하나가 놓여 있었다. 우선 펼쳐 보았다. 그 쪽지에는 뉘우침부터 앞으로의 설계가 뻐근하게 담겨 있고, 일자리를 알아보고 온다는 내용이 들어 있었다. 난영은 콩으로 메주를 쓴다고 해도 별로 인정하고 싶지 않았다. 결혼 전 편지에도 내용은 근사했었으니까 말이다.

적당히 포기하고 기대하지 않은 만큼 실망도 적다는 것을 삶에서 터득해 가고 있는 난영이었다. 난영은 이제 모든 것을 춤에서 얻으려 한다. 춤이 난영에게 있어서 삶의 원동력이 되었는지도 모른다. 우울증도 해소하고, 운동도 되고, 스트레스도 잊게 해 주었다. 철호와 같이 있어도 춤을 배우는 것은 계속 이어질 것이다. 철호는 난영이의 변화된 모습은 전혀 모르고, 죄책감에 취직 자리를 알아보느라고 공단 내의 모집광고를 모두 메모지에다 옮겨 적으면서 전화도 해 본다.

마지막으로 전화가 연결된 곳은 주물 공장이었다. 다음 주 월요일부터 출근할 수 있냐고 물어본다. 어떤 일을 하는지 제대로 알지도 못하고, 일단 취직했다는 것만으로 만족하고 갈 수 있다는 생각에 대답해 놓았다. 하루 종일 공단 내를 돌아다니다 보니, 다리도 아프고 허기진 배도 채우지 못한 상태였다.

이제야 피곤함과 배고픔이 한꺼번에 밀려왔다. 집 앞 근처에서 붕어빵으로 허기짐을 달래고 들어섰다. 슬그머니 작은방으로 들어서려는데, 뒤통수에 높은 소프라노의 목소리가 철호의 뒤통수를 가격했다.

"왜 작은방으로 들어가? 얘기하게 이쪽으로 건너와요."

두려움이 앞선 철호는 기가 죽어 있는 상태로 난영의 얼굴을 마주 치지 못하고 비스듬히 앉았다.

난영은 그동안 가슴 깊은 곳 상처의 응어리와 마음고생 한 것을 조목조목 철호를 향해 토해냈다. 무책임했던 자신이 부끄러워 듣 기만 하다가, 고개를 떨구며

"모든 것을 다 알고 뉘우치고 있다. 앞으로 잘할게. 고생 안 시 킬게."

라고 말한다. 그래도 분을 삭이지 못하는 난영은 줄기까지 늘어 놓으며 핀잔을 준다. 참다못한 철호는

"어제 그 남자 누구야?"

하고 불쑥 내 뱉었다.

"왜? 애인이야."

난영은 막 나가고 있었다.

"네가 가장이야? 가정을 버리고 공무원 공부 한답시고 일 년 내 내 집에 한 번도 안 와 보고, 혁진이가 어떻게 자라고 어디에 있 는지 궁금하지도 않아? 절에 갔을 때도 공부는커녕 바람이나 쏘 이고…… 산에서 뭐 하는지 내가 알 수가 있나. 거기까지 가서 그 냥 돌아온 것 생각하면! 당장 이혼하려고 마음먹었는데, 혁진이 가 애비 없는 자식이라고 놀림감 될까 봐 참고 또 참고 견디고 있

는 거야. 그런 거 알기는 알아?"

큰소리가 천장에 붙었다 떨어졌다 했다. 철호는 더 이상 있어 보았던들 좋은 소리도 못 듣고 힘이 드는지 아무 말도 하지 않고 작은방으로 돌아왔다. 철호는

"그래. 내가 뭐 할 말이 있겠어."

자책을 하면서, 한편으로는

"앞으로 보란 듯이 보여 주고 잘해 주면 옛날 난영이로 돌아오겠지."

많은 생각 끝에 잠이 들었다.

다음날 아침, 철호는 처음으로 출근하는 것이라 서둘러 회사에 도착했다. 그 회사의 직원인 듯하다. 철호의 왜소한 체구에 쇠를 다루는 힘든 일을 할 수 있을까 의아한 눈빛으로 바라보며,

"할 수 있겠어요?"

하고 물어본다. 이에 철호는 다부진 목소리로,

"할 수 있습니다!"

라고 하였다.

"그럼 따라오세요."

작업복을 한참 뒤척이더니만, 제일 작은 것으로 주면서

"입어 보세요."

받아서 입어 보았는데, 팔도 다리도 길이가 조금씩 크다. 큰 것만큼 팔과 다리 쪽에 옷을 접어 올렸다. 기다란 연장 자체의 무게도 장난이 아니었다. 뜨거운 도가니에서 뿜어 나오는 열기 메케한

냄새, 거기에 연장을 넣고 뒤척이며 쇠를 녹여내어야 했다.

그래서 그런지 현기증이 났다. 정신력으로 버티고 있는데, 중간 간식으로 빵과 우유가 나왔다. 진수성찬이 따로 없었다.

허겁지겁 허기를 달래고, 사장 마음에 들게 하려고 쉬지 않고 일어나 연장을 잡았다. 그러자 한 직원이

"이 일은 요령이 필요해요. 오늘은 다른 사람이 하는 것 잘 봐 놓고, 시키는 일 외에는 하지 마세요."

안전사고도 날 수 있다 하면서 팔뚝과 다리의 흉터도 보여 주었다. 그것을 본 철호는 오늘만 버티고 내일 다른 일을 알아봐야겠다는 생각이 머릿속을 파고들었다.

철호는 그 뒤에도 건설 노동자, 과일노점상, 제빵기술 배워서 빵집 차린다고 한 2년, 부동산 자격증 따서 부동산 한다고 3년. 시간만 흘러갔을 뿐 번번이 실패했다.

이번에는 사회복지사를 한답시고 도서관에서 살다시피 한다. 벌써 혁진이는 자라서 고등학교 2학년에 올라간다. 언제 별이 빛나서 난영이의 마음을 달래 줄 수 있을까? 아니면 이대로 지고 마는 걸까?

인내를 갖고 난영은 또 기다려본다.

가시 없는 장미

봄빛이 제일 먼저 은빛언덕에 도착해 잠들어 있는 뿌리와 씨앗에 노크를 한다.

그 언덕 아래에는 보라색 패랭이꽃이 지나가는 지영의 발걸음을 머물게 하고, 잠시 학교 가는 것을 잊게 한다. 언덕 아래로 내려간 지영이는 패랭이꽃과 눈을 마주치며 속삭이다가

"이따 또 보자."

하고 학교 방향으로 뛰다가, 논두덕을 타고 흐르는 물소리 밑을 힐끔 쳐다보았다. 우렁이, 붕어, 미꾸라지가 한데 어울려 노는 놀이동산에 푹 빠지고 있다가 번뜩 학교 생각이 났다.

발바닥에 불이 날 정도로 뛰었다. 수업이 시작되었는지 운동장에는 아무도 없었다. 오늘도 지각이다. 애들 보는 앞에서 혼나고 맨 앞자리에 앉는다. 아버지가 선생님한테 제일 앞에 앉혀 달라고 부탁했기 때문이다. 시력이 약해서 가까운 거리에 있는 것만 보

일 정도였다. 점점 더 나빠지고 있었다.

선생님이 지각했다고 칠판 위에 적힌 것을 지영이한테 읽고 설명까지 하라고 했는데, 글씨가 희미해 보이지 않아 아무 말도 하지 못했다. 이에 잔뜩 화가 난 선생님은 내일 엄마를 모시고 오라고 하셨다. 겁에 질린 지영은 울음을 터트리고 말았다.

학교에서 하루를 열흘같이 지겨운 시간을 보내고 집에 왔다. 할머니가 대청마루에 앉아 콩과 돌이 섞여 있는 것을 고르고 계셨다.

"애야, 책 보따리 방에 내려놓고 이리 온. 할머니하고 이것 같이 얼른 골라내자. 내일 시장에 내다 팔게."

서두르셨다. 지영은 할머니가 선생님 다음으로 무서웠다. 말씀이 떨어지기 무섭게, 할머니 앞에 앉아 고르기 시작했다. 그런데 지영에게는 그것도 쉽지가 않았다. 지영은 울고 말았다.

"할머니 눈이 잘 안 보여요. 못 고르겠어요."

할머니가 지영이의 머리를 쥐어박으며 꾀병 부리지 말고 엄마 오시기 전에 하라고 재촉했다.

"할머니, 선생님이 숙제 낸 것 해야 돼요."

할머니는 선생님이 시킨 것이 있다면 아무 말씀 안 하시고 하라고 하셨다.

지영은 책을 들여다볼 때면, 머리가 더 아프기 시작하고 요즈음 들어 참아내기 힘들 정도로 아픈 적이 자주 생겼다. 그때마다 아버지한테 말씀드려 우선 진통제로 견뎌 내긴 했는데, 눈이 점점 더 안 보여 숙제마저 못할 정도로 급속도로 나빠지고 있다.

문틈으로 들어오는 바람으로 등잔불은 떨고, 그 불빛 아래 희미하게 보이는 국어책에 있는 단어 하나하나를 공책에 열 번씩 옮겨썼다. 숙제를 간신히 끝내고서야 잠이 들었다.

다음날 아침, 지영이는 일찍 일어났다. 새벽에 일하러 나가시는 아버지를 보고 싶어서였다. 그런데 벌써 들에 나가시고 안 계셨다. 아침밥도 먹는 둥 마는 둥 하고, 국어·산수·자연·도덕책을 가지런히 정리해 책보에 둘둘 말아 허리에 둘러매고 언덕을 넘어가고 있다. 매번 보는 패랭이꽃이 지나가는 사람들의 울림에 흙이 떨어져 패랭이꽃을 덮어 가고 있었다. 안쓰러워 흙을 치워 주고는
"우리 또 이따 보자. 환하게 웃고 있어!"
하고 헤어졌다. 오늘따라 학교가 멀리 보이고, 어둠속에서 흐릿하게 비춰지는 달의 모습과 같았다.

갑자기 선생님 말씀이 떠올랐다. 엄마 모시고 오라고 했던 말이 은근슬쩍 학교 가기가 두렵고 싫어졌다. 발길은 산 정상 쪽으로 돌아서고 있었다. 나이 든 소나무가 허리가 구부러진 채 햇빛을 품고 있는 그곳이 아늑해 보여, 지영은 보금자리를 틀고 앉았다. 멀리 보이는 교실 안에는 친구들이 공부하고 있을 텐데…… 어느새 지영이의 눈가엔 눈물이 그렁그렁 맺혀 사과 같은 볼을 타고 흘렀다.

얼마만큼 시간이 흐른 것 같다. 또래 애들의 목소리가 들리고, 건너편 내리막길을 내려와 몇몇은 논길을 따라 건너오고 있었다. 그 시간에 맞춰 지영이도 산에서 집으로 들어가고 있었다.

친구인 정숙이가 먼저 도착해 집에 계신 할머니한테

"지영이 학교에 안 왔어요. 선생님이 무슨 일 있는지 알아보고 오라고 했어요. 할머니, 지영이 어딨어요?"

지영은 담 모퉁이에 몸을 숨기고 귀를 쫑긋 세우고 들었다. 할머니 왈,

"글쎄, 아침에 학교 간다고 나갔는데…… 들어오기만 해봐! 지 아부지한테 혼구멍을 주라 해야겠네. *쪼끄*마한 게 벌써. *쯔쯔쯔.*"

혀를 차고 사랑방으로 들어가신다. 조금 뒤에 어머니가 밭에 가셨다가 방금 도착했는데, 다행히 정숙이와는 비켜 갔다. 지영이는 학교 다녀온 것처럼

"학교 다녀왔어요."

란 말 떨어지기가 무섭게 할머니가 사랑방에서

"무슨 놈의 학교는? 옆집 정숙이가 그러는데, 학교에 안 왔대."

겁에 질린 지영이는 그 발로 집에서 뛰쳐나왔다. 지영은 오갈 데가 없어 백 미터 정도 떨어져 있는 정숙이네 비닐하우스 안으로 들어갔다. 봄에 쓰려고 했던 볏짚이 많이 남아 있었다. 그 볏짚에 기대어 있다가 잠이 들고 말았다. 지영은 아버지한테 혼나는 꿈에 시달리고 친구들이 찾는 꿈도 꾸었다.

같은 시각, 집에 계신 어머니는

"지가 가면 어디를 가? 어둑어둑해지면 기어 들어오겠지."

그러면서도, 한편으로는

"배도 고프고. 눈도 안 좋아서 밤에는 더 안 보일 텐데……."

하는 걱정이 앞섰다. 시골에서 저녁 아홉시가 넘으면 한밤이다.
어머니는 걱정이 되어 찾아 나섰다. 우선 정숙이네 집에 들러 지
영이가 학교에서 있었던 일들을 소상히 듣고 나더니, 어머니가
가슴을 치고 속상해 하며

"지영아, 엄마가 미안하다. 지영아, 어디 있어? 그 어린것이 눈이
잘 안 보이니까 애들한테도 따돌림 당하고 선생님한테 매일 혼나
다시피 했구나. 지영아, 지영아!"

부르며 찾고 돌아다녔다. 지영이 아버지도 함께 찾아 나섰다. 동
네가 작은데다 집들이 붙어 있어 큰소리가 다 들릴 정도다. 조용
했던 동네에 이게 무슨 일인가 싶어, 옆집 아저씨, 건너편 똘이
엄마, 하나둘씩 나오기 시작했다. 한밤중에 여기저기 지영이 찾
는 소리에 개들도 놀랐는지 짖어 댔다.

지영이는 꿈속에서 또 엄마가 찾는 꿈을 꾸었다. 그런데 엄마의
목소리는 더욱 또렷하게 들렸다. 비닐하우스 바깥에서 나는 소리
다. 또다시 울음 섞인 애타는 목소리로 "지영아!" 부른다. 지영은
눈을 떴다. 목소리가 목구멍으로 기어 들어가듯 "예." 하고 응답
했다.

그런데 그 조그만 소리마저 엄마는 들었다.

"지영이가 이 하우스 안에 있는가 봐요. 틀림없이 여기에서 지영이 목소리가 들렸어요."

동네 아저씨 한 분이 하우스 안으로 들어가셨다. 한참 훑어보시더니,

"없는데요."

지영은 왜소한데다 볏짚 뒤에 있으니 눈에 잘 띄지 않을 수 있었다. 엄마는 .지영이가 여기에 있다는 것을 확신하고 들어가 구석구석 찾으며 볏짚 있는 곳에 다다랐다.

"지영아!"

하고 와락 껴안으며,

"엄마가 미안하다. 집에 가자."

지영의 얼굴이 파랗게 질려 있었다. 지영은 엄마의 눈을 보며,

"잘못했어요."

"넌 아무런 잘못이 없어. 우리 착한 지영이. 엄마가 앞으로 지영이 따뜻하게 대해 주고 신경 써 줄게."

엄마의 손에 이끌려 집에 도착했다. 따뜻한 밥과 반찬을 차려다 주었다. 엄마가 여태껏 이런 적이 없었는데 왠지 불안한 마음이 한 구석에 자리 잡았다. 밥을 먹는 것을 옆에서 지켜보고 있다가 다 먹고 난 후 조용하게 물어보신다.

"눈이 언제부터 안 보였어? 내 딸."

초등학교 1학년 겨울방학 끝나갈 무렵이었던 것 같다. 그때부터 머리가 아프기 시작해서 많이 아플 때는 아버지가 사다 놓은 진통제로 견뎌 내곤 했었다. 조금씩 나빠지기 시작해서 2학년 되면서부터 더 안 보여 가깝게 있는 글씨마저 희미할 정도로 보였다.

"엄마한테 자세하게 말해 줘야 선생님한테도 말씀드리고 병원에도 가서 치료를 받을 수 있지. 얼른 말해."

지영은 입을 열기 시작했다.

"1학년 방학 때 외할머니 댁에 갔다 온 뒤로 머리가 아프기 시작했어. 학교에서 맨 앞자리에서 칠판 글씨가 보였는데, 2학년 올라와서 희미하게 보여. 선생님이 물어보는 것에 대답을 안 하니까 애들도 이상하게 쳐다보고 선생님이 꾸중하셔."

"그 정도 되면 아빠한테든 엄마한테든 말해야지. 학교 안 가고 있으면 어떻게 하려고. 내일 엄마가 아빠한테 얘기해서 선생님 뵙고 오라 할 테니 집에서 당분간 동생 돌보고 있어."

지영이한테는 바로 밑에 세 살 터울의 남동생, 그 밑으로 여동생이 둘씩이나 있다. 막내 두 살짜리 지순이를 집에서 하루 종일 본다는 것은 지영이한테는 힘든 일이다.

아버지는 엄마한테 지영이 얘기를 다 듣고 나서 속상해 하셨다. 지영이는 다른 애들하고는 달리 영특하고 부모님 말씀을 한 번도 어긴 적이 없는 아이였다.

다음날 아버지는 학교로 달려가셨다.

"선생님, 안녕하세요? 일전에 지영이가 눈이 안 좋아 앞자리에 앉혀 주셔서 감사합니다. 요새 지영이가 선생님 말씀을 안 듣는 게 아니라 칠판 글씨가 안 보여 대답을 못했대요. 지금은 더 악화되어 학교를 못 다니게 될 것 같아요."

"저는 그런 줄도 모르고 꾸중했는데, 그 어린것이 얼마나 상처를 입었을까요. 어쩐지 참 똑똑한 애인데 갑자기 그러니, 저도 당황했어요. 제가 지영이 찾아보고 사과할게요. 가끔 들러서 얘기도 나누고요. 하루 빨리 서둘러 알아보고 수술시켜 주세요. 친구들한테 지영이 친구 소식 전하고, 가서 같이 놀아 주라고 이르겠습니다."

지영이는 학교 가는 모양새를 갖추고 등에 지순이를 업고 마당에서 서성거리다가 석봉이 손을 잡고 학교 가는 친구들이 그리워서 뒷동산에 올라가고 있었다.

벌써 아버지는 논둑을 지나 언덕을 올라오고 계셨다. 셋이 산 쪽으로 올라가는 것을 보고 뛰어오셨다. 지영은 아빠한테 애원했다.

"학교는 못 가더라도 친구들 공부하는 교실을 보며 여기에서 자리를 깔고 공부하다 내려가게 해 주세요."

간절한 눈빛으로 조른다. 아빠는 한참을 생각하더니,

"지영아, 그럼 이렇게 하자. 할머니한테 아빠가 말씀드려서 지순이를 봐 달라 하고, 친구들 학교 가는 시간 조금 비켜 석봉이와 산에 올라와서 놀아. 너희들 놀게 자리를 근사하게 만들어 주마."

석봉이와 지영이는 좋아서 한 길이나 뛰었다.

"조금 있다가 내려오렴. 배도 고플 테니까 애기 쮸쮸도 먹어야 하니까. 알았지?"

아버지는 마음 한구석을 쓸어내리며 내려가고 있다. 지영이가 석봉이한테

"너도 내년이면 저기 보이는 학교에 다니게 돼. 학교 마당에 애들 나와 있어?"

하고 묻는다.

"응, 많이 나와 있어. 달리기를 하고 있는데 아마 체육시간인가 보다."

교실이 그립고 운동장에서 같이 뛰고 싶지만 간절한 마음뿐. 이제부터 지영은 예감, 직감 같은 꼬리표를 단련시키고 있다. 등에 업고 있던 지순이가 실례를 한 것 같다. 기저귀 사이로 새어 나오는지, 뜨거운 물이 엉덩이 쪽을 타고 다리로 흘러내리며 입고 있던 옷이 축축해졌다. 석봉이 손에 의지하며 집으로 돌아왔다. 할머니는 지영이의 행동이 별로 탐탁지 않은 것 같다. 애기 업은 것이 엉거주춤 불안해 보인 모습이 화근이었다.

애기는 할머니가 볼 테니 아무데도 가지 말고 할머니가 시키는 것만 하라고 하셨다. 이제는 뒷산에 올라가는 것도 힘들어졌다. 집 안 청소며, 빨래며, 할 일이 산더미처럼 쌓이고, 할머니 잔소리도 늘어만 갔다.

하루는 학교와 친구들이 보고 싶어 책가방을 허리에 매고 석봉이에게 뒷산에 가자고 손을 당겨 보지만, 할머니한테 혼난다며 손을 뿌리친다.

"이번 한 번만. 이따 누나가 맛있는 것 줄게."

꼬시고 달래기도 하다가 석봉이가 고개를 끄덕이는 걸 보았다. 지영은 횡재라도 한 듯 기뻐서 어쩔 줄을 모르고 석봉이의 손을 거머쥔 채 산으로 달렸다.

옆집 정숙이가 학교에서 공부를 끝나고 오르막길을 올라오고 있었다. 석봉이가 정숙이 누나를 부른다. 지영이도 반가워서 목청껏 정숙이를 부르며 산으로 올라오라고 한다. 정숙이도 반가워 숨을 몰아쉬며 올라왔다.

"안녕?"

정숙이의 눈은 휘둥그레졌다. 다름 아닌 조그만 동굴이었다. 아버지께서 학교가 한눈에 바라보이는 곳에 지영이만의 공부방을 만들어 주신 선물이다. 거기에서 정숙이가 배웠던 것을 지영이하고 석봉이 앞에 서서 선생님의 흉내를 내며 지영을 보고,

"책을 펴 봐요."

얼른 보자기를 풀어 제치고 일일 선생님 정숙이의 입에 맞춰 따라 읽는다. 그것이 끝난 다음 음악시간이란다. 정숙이는 풍금을 치는 흉내를 내고, 노래도 따라 흥겹게 부르고 있는데, 저 아래에서

할머니가 찾는 목소리가 들려왔다.

정숙이의 수업은 여기에서 끝을 내고 모두 집으로 들어가기로 했다. 아버지께서는 아침 일찍 서울에 계신 작은아버지 댁에 지영이 문제로 상의하러 올라가셨다.

할머니는

"아버지가 너 때문에 서울에 가셨는데, 너는 눈도 잘 안 보이는 애가 어디를 쏴 다니냐?"

하고 나무라신다. 할머니는 손자인 석봉이만 챙기신다. 옆집에서 맛있는 것을 가져오고 아버지가 시장에서 먹을 것을 사오면, 벽장 속에 숨겨 놓았다가 아무도 없을 때 석봉이만 준다. 그러면 석봉이는 누나가 안되었는지 할머니 몰래 갖다 준다.

아버지가 안 계시면 지영이는 힘들어 한다. 아버지는 할머니한테나 엄마한테

"지영이는 아무것도 시키지 말고 공부하고 싶어 하니까, 옆집 정숙이와 어울려 놀게 하고 학교에서 배운 것 정숙이 통해서 배우게 해요."

하고 늘 부탁했다.

하지만 현실은 그렇지 않다. 동네는 봄이 되면서 양잠업에 바쁘다. 일명 누에고치. 뽕잎을 먹고 사는 애벌레를 키워 고치를 생산해 낸다. 눈코 뜰 새 없이 바쁘다 보니, 어린 손까지 필요하다. 석봉이와 지영이는 자루를 가지고 집 뒤에 있는 뽕밭에 가서 뽕잎

을 따기 시작했다.

석봉이는 뭐가 그렇게 좋은지 콧노래를 부르며 뽕잎을 따서 담고 있었고, 지영이는 아버지 서울 가신 뒤로 울적해 있었다.

"누나, 뽕잎 안 따고 뭐해? 빨리 따오라 했어."

그래 지영이도 뽕잎을 부지런히 땄다. 한 자루를 채워 갈 때 지영은 갑자기 뽕밭이 떠나 갈 정도로 비명을 질렀다. 이유는 뽕잎 위에 있었던 뿔 달린 큰 벌레 때문이었다. 풀잎 색깔과 똑같아 눈에 잘 띄지 않는다. 석봉은

"누나, 괜찮아. 물지 않아."

뽕잎이 덜 채워진 상태로 터벅터벅 집에 왔다. 할머니도 집에서 비명소리를 들으셨다. 이제 할머니도 큰 손예가 안쓰럽고 불쌍한 생각이 드셨는지, 지영이한테 대하는 것이 달라지셨다.

"우리 큰 애기가 대체 무슨 죄를 지었길래."

할머니는 기도하실 때마다 우리 큰 애기 눈 뜨게 해 달라고 빌고 또 빌며 주문을 외쳤다.

오전과 오후, 두 번 정도는 뽕잎을 따서 날라야 했다. 누에는 하루가 다르게 성큼성큼 크고 있었다. 어머니는 어디에서 들으셨는지 누에를 먹으면 머리가 좋아지고 참해 진다고, 덥석 누에를 쥐고 오셔서 지영이한테 먹으라고 권했다. 지영은 놀라서 도망쳤고, 석봉이한테도 눈 딱 감고 입을 벌리고 꿀꺽 삼키면 된다고 하셨다.

언젠가는 청개구리 먹으면 머리가 똑똑해진다고 하시더니만 증명도 안 되는 것을 성화에 못 이겨 먹고 말았다. 석봉이도 똑똑해지고 싶었던지 한 마리를 더 먹었다.

석봉이도 슬슬 꾀가 생기기 시작했다. 때로는 친구들과 놀고 싶은데 늘 지영이 곁을 떠날 수 없었다. 그래서 생각해 낸 것이 바로 여동생 지수를 지영이 언니 도우미로 세워 놓는 것이다. 그리고 석봉은 바깥으로 돌기 시작했다. 누에의 효과인 것 같다.

서울에 다녀오신 아버지는 저녁 밥상머리에서 지영이 없는 사이 한숨이 땅이 꺼질 정도로 쉬며 걱정을 하셨다. 수술을 하려면 돈도 돈이지만, 잘못되면 더 악화될 수도 있고, 생명까지 위험할 수 있다고 한다.

"서울에서 제일 알아주는 병원 의사가 그러는데, 시신경이 뇌하고 직접 연결되어 있어 수술이 쉽지 않다고 하더라고요. 그러나 지속적으로 나빠져 끝내는 시력을 잃을 수 있으니 하루라도 빨리 서두르는 게 좋다고 하더라고요."

의사의 말을 전하며 식구들의 동의를 얻어냈다.

작은아버지가 다음 주 수요일로 입원수속을 해놓았다. 석봉이는 어른들 얘기를 빠짐없이 듣다가, 지영이를 찾으러 나갔다. 지영은 작은방 한쪽 구석에서 문틈으로 들려오는 소식에 눈이 퉁퉁 부어오를 정도로 눈물을 흘리고 있었다.

식사가 끝난 뒤 아버지는 지영이 방으로 넘어 오셨다. 지영이를 끌어안으며,

"지영아, 수술하면 괜찮아. 하나도 안 아프게 수술한대. 얼른 수술해야 학교도 다니지."

등을 두드리며 달래고 위로한다. 그때 바깥에서 들어온 석봉은 문을 열자마자,

"누나, 큰일 났어!"

아버지가 석봉이의 말을 막는다.

"무슨 큰일! 의술이 좋아 안 아프게 할 수 있다고 의사선생님이 말씀하셨어. 착한 지영아, 이번에 수술 받자."

하자, 지영도 고개를 끄덕였다.

그 뒤로 할머니는 아침저녁으로 기도를 하신다. 우리 큰 손녀 수술 잘되게 해 달라고, 천장을 바라보며 발이 손이 될 정도로 빌고 또 빈다.

드디어 지영은 아버지 손에 이끌려 서울이란 곳을 처음으로 간다.

아침 일찍 비둘기호를 타고 서대전을 거쳐 도착한 데가 용산역 작은아버지가 나와 계셨다. 지영은 사방을 보니 큰 건물만 보인다. 너무 어색하기만 한 바깥 풍경이다.

택시를 타고 어디론가 한참을 간 뒤에 서울에서 제일 큰 병원이란 곳에 도착했다. 하얀 가운을 입은 사람들만 봐도 두렵고 무서웠다.

간호사 언니는 상냥하게 물어본다. 언제부터 안 보이기 시작했고, 머리는 언제부터 아팠는지 세세히 물어보는 말에 대답했다. 우선은 수술 들어가기 전에 검사할 것이 있어,

"지영아, 안 아프니까 조금 참아."

쑥 들어간 지영의 눈을 마주치며 위로해 주었다. 지영은 간호사 언니들이 좋아 보이기 시작했다. 예쁘기도 하고, 말도 자상하게 해주니 고마웠다.

지영은 곧 수술실로 옮겨졌다. 간호사 언니와 몇 마디 말을 했을 뿐 아무런 생각이 나지 않고, 잠을 자고 난 것 같은데, 입원실에 와 있는 것이다. 아버지가 "지영아!" 하고 부르는 소리만 까마득하게 멀리서 들려왔다.

눈을 떠 보니 아버지와 의사 선생님이 있으신 것 같은데, 아예 보이지 않는 것이다. 아버지는 몇 번이고 물어본다.

"아빠 보이니? 아빠 보여?"

지영은 고개를 가로로 내젓는다.

의사 선생님은 당장은 아니더라도 서서히 나아질 것이라며 입원실을 나가셨다. 아버지도 따라 나서며 믿음이 안 가는지,

"선생님, 정말 괜찮아지는 거예요?"

선생님은 확실한 대답 없이 사라졌다. 속상하셨는지 바깥에서 연신 담배를 피우시고 한참을 들어오지 않으셨다. 삼십여 분 지나서야 들어오셔서 다시 한 번 더 물으셨다.

"아빠 네 앞에 바짝 있는데 안 보이니?"

다시 가로로 고개를 저었다.

"지영아, 선생님이 그러는데 차츰 차츰 좋아진대. 알았지? 착한 지영아, 별일은 없을 거야."

하며 위로해 주신다.

병원에서 하루하루 지내다 보니 벌써 일주일이 흘렀는데 별 차도 가 없자, 아버지도 의사 선생님한테 언성을 높이고, 지영이도 집 에 가자고 보채기도 하고, 짜증을 내기 시작했다. 시골에는 누에 를 키우느라 바빠서 아버지의 마음이 온통 시골에 있다.

결국 아버지는 결단을 내리신다.

"지영아, 여기에서 있는다고 해도 별 뾰족한 수가 없을 것 같다. 내일 퇴원하자."

지영은 수술한 뒤로 더 답답해졌고 성격이 변해 가고 있었다. 이 제는 혼자서 아무것도 못한다는 생각에 화가 나고, 좋아했던 친 구들도 하나둘 떨어져 나가고 집에 동생들마저도 같이 있어 주려 고 하지 않을 것 같은 생각에 착했던 지영이 성격이 온데간데없다. 그래도 병원에서 차츰 좋아진다는 희망을 품고 그나마 반겨주는 정든 집으로 돌아왔다. 어찌 되었든 제일 편안하다.

그러나 어느 한 사람 반겨 주는 사람이 없다. 미리 아버지를 통해 서 들은 모양이다. 동생 중에서 제일 착한 지수만 지영이 옆에서 팔과 다리와 눈이 되어 주었다.

지영이는 조용히 있다가도 생각에 잠겨 방 한 귀퉁이에서 집을 잃은 비둘기 마냥 소리를 죽여 가며 슬피 우는 게 잦아지고 있다. 가끔 지수에게 발견되어 지수도 "언니!" 하고 포개어 울기도 한다.

몇 년이 지나도 차도는커녕 지영이는 머리가 예전보다 심하게 아파서 진통제로 산다. 그러다 보니 위도 안 좋아 소화력도 떨어지고, 키도 안 크고, 성장기에 하는 여자들만의 고유 행사마저 하지 못하는 상태가 되고 있었다.

아버지는 지영이가 무기력하게 있는 것이 안 되겠다 싶어 할 일을 만들어 주셨다. 다른 데 신경 쓰다 보면 성격이 나아질 수 있다고 아주 조그만 구멍가게를 만들어 주었다.

지영이에게는 자신만의 공간, 해낼 수 있는 자신감을 만들어 주는 이 구멍가게가 행복을 찾아가는 첫걸음이 되었다.

동네 애들도 만나고 친구도 찾아와서 필요한 것을 사 가고, 동네 소식도 듣고, 가끔은 동생들 과제에 있는 종이접기도 도와주고 하다 보니 한결 밝아지고 있었다.

처음에는 돈을 구별하기가 힘들었다. 종이돈은 크기, 동전은 양면을 문질러 보고 구별하는 방법을 터득하여, 거스름돈도 정확하게 돌려주었다.

세월이 유수와 같다 했던가. 1979년 지수가 중학교에 입학하면서

부터다.

그동안 아버지께서 시내에서 물건을 떠다가 지영이 구멍가게에 갖다 주곤 했는데, 지수가 학교 갔다 와서 자전거를 타고 시내로 나가서 지영이가 말해 준 것을 적어서 그대로 사 날랐다.

한 달 이익금 중 일부는 지수에게 학용품과 지수가 좋아하는 것도 사주고, 지영이가 하고 싶은 꽃을 접는 일에도 쓰였다.

아버지는 지영이 나이가 벌써 스물두 살을 먹어가는 것에 고민을 많이 하셨나 보다. 주위의 지인 한 분이

"대전에 가면 시각장애인뿐만 아니라 직업교육을 시켜 주는 데가 있는데, 국가에서 하는 것이라 교육비가 공짜라네."

아버지는 번뜩 지인의 말이 생각이 나 지영이를 조용히 불러 앉힌다.

"지영아, 너 여기에서 네 재능을 묵히는 것보다 중학교에 가서 공부도 하고, 침술이나 뜸 마사지 등을 가르쳐 주는 학교가 있는데 혹시 배워 볼 생각 없어?"

어렵사리 말씀을 꺼내셨다. 늘 지영이한테는 강요하지 않으셨다. 지영이가 할머니하고 엄마하고 언쟁이 있을 때도 지영이 편에 서서 말씀해 주시는 자상한 아버지이시다. 그런 아버지의 부탁인데, 얼른 대답했다. 지영은

"하루 빨리 공부하고 싶었고, 기술도 배워 돈도 많이 벌어 하고 싶은 것도 많았다. 아버지 언제 갈 수 있어요?"

"내일이라도 당장 가서 더 알아보고 오마."

하셨다.

다음날 아침. 아버지는 여느 때와 달리 이발도 하시고 옷도 깔끔하게 입으시고는 귀한 손님 만나야 한다고 분주하셨다.

'지영이 일이 잘 풀려야 집안 식구들도 편안하고, 지영이도 앞이 구만리인데…….'

해볼 수 있는 것이 있다면 발 벗고 나서야 한다는 아버지의 판단이시다. 다녀오신 아버지는,

"시설도 좋고, 지영이 너하고 비슷한 환경에 있는 아이들이 많더라. 어린 동생들이니까 네가 오히려 보살펴 줘야 하겠더라. 지영이는 뭐든지 잘해낼 수 있어."

한편으로는 지영이한테는 공부할 수 있는 절호의 시간이고 자생력을 길러 주는 좋은 기회라는 생각에 하루 빨리 학교에 갔으면 했었다.

그리고 그날이 어김없이 돌아왔다. 선생님의 소개가 지영이를 부담스럽게 했다.

"여기 학생들 중에 제일 큰언니이니까 언니로 생각하고 잘 따라줘야 해요."

한편으로 기분은 따봉이었다. 중학교 1학년이 된 기분은 지영이만의 행운인 것 마냥 기뻤다. 할머니, 어머니도 생전 지영이가

이렇게 기뻐할 줄은 몰랐다며 더욱더 기뻐하셨다.

지영의 꿈은 지금부터 시작되어 가고 있었다. 열심히 공부도 하고 침술도 배워 자신처럼 아픈 사람도 고쳐 주는 의사의 꿈도 가슴에서 품고 있었다.

그러나 다른 아이들은 나이가 어려서 그런지 선생님이 알려주는 것을 쉽게 받아들이는데, 지영은 초등학교도 2학년 초까지만 다녔기에 따라가기가 너무 벅찼다.

기숙사에서 똑똑한 동생을 사귀었다. 그 동생한테 또 한 번 복습을 하였다.

그렇게 하기를 두 달 되었을까? 지영이가 반에서 공부도 잘하고, 침이면 침, 뜸이면 뜸, 우수한 성적으로 동생들한테도 짱 언니로 통하게 되었다. 반 애들 생일 때마다 지영은 빨간 장미와 종이학을 접어 선물도 하곤 했다. 인기도 한 몸에 받고 학교생활을 재미있게 보내고 있는데, 시골에서 희소식이 날아왔다.

그때 당시 둘만 낳아 잘 기르자는 캠페인이 무성하게 온 누리를 덮고 있을 때, 지영이는 스물세 살, 석봉이는 어엿한 대학생이었다.

말 그대로 쉰둥이 엄마가 늦둥이 달봉이를 출산했다는 것이다. 엄마는 간호원들의 따가운 눈총과 뒷소리를 들어도 오직 아들 하나 얻자는 것에는 어떠한 어려움도 견뎌낼 수 있었던 것이다.

달봉이는 가족들의 사랑으로 무럭무럭 성장하고, 지영은 고등학교까지 졸업하고 침술과 안마사 자격증을 따고는 산업전선에 나와 돈을 벌어 아버지 약값과 달봉이의 교육비 어머니한테는 별도로 용돈도 드리는 효녀로 발돋움하고, 주택 마련을 위해 주택부금도 넣는 중이다.

이런 지영이를 바라보는 아버지는 힘들고 고생스러워도 늘 흐뭇해하시며 막걸리 한 잔 하신 날이면, "우리 집 꿀단지, 지영이" 얘기로 시작해서 "착한 효녀, 심청이"로 끝을 낸다.

달봉이가 대학교 다닐 때도 지영이가 전액 장학금을 주었고, 사회 생활할 때도 상당 금액을 전세자금에 보탰다. 석봉이가 사업하다가 엎어졌을 때도

"우리 집 석봉이가 잘되어야만 집안이 평안하고 화목해진다."

고 입 버릇처럼 말하곤 했었다.

지영이가 적금을 부어 상가 딸린 집을 사서 1층에는 석봉이가 할 수 있는 가게 하나, 2층에는 침술 및 안마, 3층에는 아버지 어머니와 같이 있을 공간을 생각했었다. 그런데 당장 석봉이를 구원해야 했다. 적금을 해약해 길목 좋다는 곳에다 큼지막한 마트 하나를 반듯하게 차려 주었다. 지영의 계획은 수포로 돌아갔다.

"갚을 생각은 말고 너희 부부가 잘 살아야 아버지 어머니가 두발 뻗고 주무신다. 알았지?"

석봉이는 지영이의 도움으로 나날이 번창하고, 달봉이는 애인이

있어 결혼 날짜를 받아 놓은 상태다. 부모님들이 연세가 있어 서둘러 잡았다. 아버지는 달봉이만 결혼시키면 죽어도 여한은 없다고 늘 말씀하셨다.

꽃피는 삼월에 달봉이는 결혼을 했다. 자나 깨나 큰아들 잘되길 빌고, 수금이 안 되어 물품대금을 못 주고 있다면 과부 딸의 돈이라도 빌려 부쳐주고 했던 일련의 것들을 잊고, 그동안 심장부정맥이란 지병을 달고 사셨던 것이다. 병원을 여러 차례 드나드셨다. 한 번도 어떻게 아프시다고 자식들한테 일언반구도 하지 않으셨다. 병원에 입원해 계셔도 큰아들 석봉이한테는 귀에 절대 안 들어가게 하려 했다.

이번에는 예전하고는 너무나 다르다. 병원에서 생명이 위독하다는 것이다. 연세도 있으셔서 수술도 못하고 돌아가실 때까지 요양해 드리라는 병원 측 의사 선생님 말씀을 막내 사위와 딸이 듣고, 가족들과 협의해 시골 동네 앞 입구에 있는 요양원에 모시기로 했다. 병원에 계셨을 때도 지영이와 석봉이가 병원비 부담될까 봐 조금 나은 것 같으면 주사바늘도 빼서 던져 버리고 집으로 오시는 경우도 너댓 번은 족히 된다.

"이번에는 요양병원에서 주사 몇 번만 맞으시고 집에 가면 돼요" 하고 나오면서 지영의 눈에서는 겨울의 함박눈 마냥 그칠 줄 모르고 눈물이 내리고 있었다.

일주일 뒤에 지영은 면회를 갔다. 들어서자마자 아버지 가슴에 얼굴을 묻고 얼굴을 어루만지기 시작했다.

아버지의 눈가에도 보석 같은 눈물이 힘없는 눈에서 흐르고 있었다. 물이 먹고 싶다는 힘없는 목소리가 희미하게 지영의 귀에 들려왔다. 그 즉시 의사 선생님한테

"아버지가 물을 드시고 싶데요."

하니까 절대 안 된다고 거절해 아버지의 애원을 못 들어 주었다. 지영은 여태껏 아버지의 말에 한 번도 거절하거나 반항한 적이 없었다.

아버지가 돌아가신 후에 지영은 어차피 돌아가시는 것, 물을 좀 드시게 할 걸…… 지영은 두고두고 후회하고 있다.

아버지 영전 앞에 장미꽃과 사진첩을 바치며 울고 있다. 보이지 않는 눈으로 영전 사진을 쓰다듬고 품에 안으며, 앞으로 잘 살아갈 거라고, "걱정하지 마세요."라고 절을 올린다.

현우의 아픈 가슴

국민학교, 지금으로 말하면 초등학교이다. 시골에서 자라는 호밀이란 작물처럼 키가 남달리 크고 호리호리한 현우는 얼굴도 어느 시장에 내놓아도 일등상품이다. 그런데다가 여자 친구를 잘 사귀는 끼가 애초부터 타고난 듯하다.

초등학교 때까지만 해도 현우는 남달라 수준을 맞춰 주는 친구가 없었다. 다행히 조용하게 6년을 잘 버텨 왔다. 일은 중학교 다니고부터다. 싸움이나 나쁜 짓 같은 것하고는 거리가 있다. 오직 여자 친구 사귀는 영업이 능숙하다고나 할까.

시작은 안동네부터 우들목까지 하나하나 포섭해 나가며 지역구를 만들어 갔다. 거기에는 동업자도 생기고, 파트너도 생기고, 지원자도 있고, 점점 그룹화 되어 가고 있었다. 잘 어울려 놀 수 있는 장소와 분위기도 무르익어 가고 있었다.

하라는 공부는 뒷전. 밤이면 밤마다 날이면 날마다 모이는 아지트가 생겨, 불러 내지 않아도 출석도장을 빠짐없이 찍었다. 제일 우두머리 현우는 두말 할 것 없이 누가 나왔는지 체크부터 하고, 그다음부터는 놀이기구인 기타, 술, 간단한 안주가 있는지 확인에 들어간다.

머리에 피도 안 마른 애들이 옹기종기 모여 수다도 떨고, 서투른 기타 반주에 맞춰 한참 노래를 부르다가 휴식을 취할 쯤에 막걸리와 안주를 대령한다. 현우는 술을 잘 먹는다.

현우 아버지는 하루 종일 술과 동고동락을 하다시피 거의 중독 상태다. 진단 3주나 되는. 주전자로 하루에 두세 차례 술심부름을 하는 현우는 그때마다 들키지 않을 정도로 도둑 술을 마셨다. 달짝지근한 맛에 포섭되어가고 있는 중이다.

여기서부터 술에 대한 매력을 느끼기 시작했고, 집에서 슬쩍해 온 담배를 호기심에 불을 당겨 입에 대고 빨기도 하고, 어른들 하듯이 길게 숨을 내쉬고 담배 연기를 연출하면서 한발은 짝다리로 없는 폼까지 연기하면서 애들 앞에서 으스대고 있었다.

애들은 병돈이의 모습에 목을 한껏 뒤로 젖히고 입은 반쯤 벌려 있는 상태로 넋을 잃고, 현우에게서 어른의 모습을 그려 내고 있었다.

얼마쯤 시간이 흘렀을까. 취기가 오른 몇몇은 현우가 가져온 카세트 건전지 몇 개를 두르고 힘겹게 나오는 음악소리에 맞춰 개다리춤부터 지렁이 밟는 춤, 마구잡이춤, 제각각 흥겹게 동이 트는지 달이 넘어 갔는지 모르게 놀다가 새벽에 몰래 집으로 기어 들어가곤 했다.

허리가 많이 굽어진 할머니는 옥이야 금이야 하는 현우가 새벽에 들어온 것을 까맣게 모르고 어제 한 밥이 식을까 봐 아랫목에 고이 모셔 놓았다가 아침에 학교 가는 현우를 잘 먹여야 하루 종일 마음이 놓였다.

학교 가는 현우를 동네 큰길까지 따라 나와 보이지 않을 때까지 손을 흔들며, 귀한 손자 아무런 일 없이 귀환하기를 해가 저물기 시작하면 안절부절못하다가 동네 어귀에서 목이 빠지게 기다리는 게 하루의 일과이다.

현우는 할머니의 이러한 애틋한 사랑은 아랑곳하지 않고 퉁명하게 핀잔한다. 친구들하고 놀기도 하고, 샛길로 빠져서 마을 입구 다리 밑에서 책가방 안쪽 옆구리 주머니에 몰래 숨겨둔 담배 한 개비를 . 서너 명이 번갈아 피면서 연신 어른이 된 것 마냥 담배 연기를 따라 먼 산도 쳐다보고, 흘러가는 구름을 향해 한마디씩 말을 던진다.

현우 할머니는 기다리다 지쳐서 그냥 들어가시는 게 다반사였다. 현우는 할머니가 나와 계시는 것도 짜증으로 변해 가고, 손주 위해 하는 말도 잔소리로 들리고…… 이제는 벗어나고 싶었다.

113

그리고 오늘은 왠지 집에서 도를 닦고 쉬고 있다. 어머니도

"넌 어떻게 된 애가 학교 갔다가 바로 집에 안 오고 어디를 쏴 다니고, 저녁에는 또 어디를 가는지 찾아봐도 없고!"

경고장을 내밀었다. 안방에 계신 아버지의 묵직한 말씀 한마디가 더욱 위축되게 만들었다.

"학생은 공부도 공부지만, 행동거지가 똑바라야 한다. 오늘 한번 너를 지켜볼 거다."

하셨다. 밤은 깊어만 가고, 도를 닦는 시간은 지루하고…… 동네 아지트에서 애들의 기타와 노랫소리, 노는 모습이 눈에 선해 잠이 오지 않았다.

현우 없는 세상은 속이 없는 찐빵 같아서 재미가 없었는지 야심한 밤에 경림이와 은화가 어둠을 뚫고 찾아왔음을 직감할 수 있었다. 이 밤에 부엉이가 아닌 사람 부엉이 소리가 들렸다.

어머니는 눈치가 빠르셔서 언젠가도 현우 친구들이 찾아온 것을 직감하셨다. 앞전에는 쥐 소리로 현우를 불러냈는데, 이번에는 부엉이 소리로 머리를 쓴 것이다. 현우 어머니는 문을 열고,

"내일 학교 가야 하니까 집에 가. 밤에 돌아다니면 못 써. 얼른 가!"

라고 하셨다. 현우는 문을 여닫을 때마다 소리가 나니까 방 안에 있던 물을 틈새에 뿌려 소리가 안 나게 한 다음 살금살금 기어 나왔다. 조용해지자 어머니는 간 줄 알고 깊은 잠을 청하셨다.

경림이와 은화는 현우 나오는 것을 알고 땅이 내려앉을 정도로 껑

충껑충 뛰었다. 그리고는 현우와 셋이 걸음아 나 살려라 달렸다.

현우 아버지는 그동안 아들의 일거수일투족을 보아 오다가 오늘만큼은 아들의 행동을 더 살펴보며 담배를 입에 갖다 대는 순간, 혹시 담배를 피우는 것은 아닌지 하는 생각에 담뱃갑 안을 들여다 보았다.

아니나 다를까. 새것을 사서 두세 번 피운 것밖에 없는데, 두 개비 정도가 더 비워 있는 걸 눈치 채고 아들이 자고 있는지 들여다 보았다. 그런데 이불만 산처럼 있지, 그 안에 현우가 없고 베개만 세워져 있었다.

아들 하나 있는 것, 혹시 잘못 되는가 싶어 돌아오기를 회초리와 아버지는 밤새 안 주무시고 현우 방 안에서 기다리시다가 새벽이 되어서야 잠에 드셨다.

그 다음날에는 일요일이라 학교도 안 가니 포플러나무 밑에서 현우는 달이 지는지 해가 뜨는지 집에 회초리와 아버지가 기다리고 있는지 애들하고 놀기에만 여념이 없었다.

경배 엄마도 새벽에 아들이 없는 걸 아시고 찾아 나섰다. 경수네 집은 포플러 나무와는 불과 오육십 미터 정도. 누군가가 산으로 올라오는 것을 여권이가 발견하고 애들한테 귓속말로 전했다.

"오늘은 파장이다!"

전하자마자 번개처럼 집으로 각자 뿔뿔이 헤어졌다. 경배 엄마로 말하자면 동네 유지인데다 교육자 집안이고 경배 아버지는 직급 있으신 공무원이시라, 경배가 잘못된 부분이 있더라도 누구한테도 입을 열지 않으시고 자식교육을 조용하게 다루는 고단수이시다. 문제는 병돈이다. 집에 거의 다 왔는데, 예전하고 달리 이상한 예감이 드는 것이다. 어떻든 집에는 할 수 없이 조심조심 숨죽이며 들어갔다. 한발 한발 전진하다가 이불 안에서 일자로 무언가 걸리는 게 아닌가!

아버지는 주무시다 놀라,

"누구야? 너 현우지! 오늘 너 죽고 나 죽자. 아들 하나 있는 게 왜 그 모양이야?"

아버지 손의 회초리가 현우를 항해 꽂혔다. 현우는 뛰쳐나와 집 뒤 둔덕으로 해서 지붕 위로 올라갔다. 현우 아버지도 따라 나왔다. 시간은 불과 몇 초 차이가 났을 뿐인데 현우의 모습은 온데간데없었다.

현우 어머니와 할머니는 아닌 밤중에 난리가 난 줄 알고 밖으로 나오셨다.

"아범, 무슨 일이야? 왜 그러는데? 현우가 무슨 잘못이 있어."

현우 얘기할 때마다 할머니는 무조건 현우 편이었다. 오대독자인 현우가 잘못될까 봐 회초리는 근처도 얼씬 못하게 한다. 현우는 지붕 위에 납작 엎드려 어르신들 주고받는 얘기를 하나도 놓치지 않고 잘 들렸다. 바람이 잘 통하여 시원해서 내려가지 않아도 오래 견딜 만했다.

아버지는 번개 같은 현우의 흔적조차 찾지 못하고 방 안으로 들어선다. 한참 뒤에야 할머니께서 찾아 나섰다.

"헌우야, 어디 있냐?"

나지막하게 불렀다. 늘 구세주였던 할머니. 지붕에서 내려와 등 뒤에 바짝 붙어 방으로 골인했다. 할머니가 낮부터 현우를 주려고 고구마 몇 개와 찐 계란 그리고 목이 마를까 봐 물 대접을 머리맡에 놓으시며,

"아버지 일어나시기 전에 일어나 이것 먹고 학교가라."

고 하셨다.

그러나 아버지가 먼저 일어나 건너오셨다. 할머니는 애비가 귀한 손자 손찌검을 할까 봐 따라 건너오셨다. 그래도 다행히 학교 보내야 하기에 회초리 대신 훈시를 하셨다.

"너 요즈음 하는 걸 보니 벌써부터 담배나 배우고 술도 먹는 것 같은데, 학생이 그러면 싹수가 훤하다."

그러자 옆에 있던 할머니께서 현우의 편에서 거들어 주신다.

"애비는 더하면 더했지. 손자는 그래도 착하다. 이 할매 심부름도 잘하고, 말도 잘 듣고!"

현우는 어깨가 들썩해졌다. 아버지의 행적이 하나둘 할머니를 통해서 드러나자, 하나의 힘이 되기 시작했다.

키도 커 가고 마음도 커 가면서 이성에 눈을 뜨기 시작하고, 고장 난 라디오에서 직직거리는 소리마냥 동네에서 현우에 대한 잡음이 조금씩 일어나고 있었다.

아담하고 귀엽고 깜직한 명순이가 현우의 마음을 사로잡아 책가방 다음으로 챙기기 시작했다. 명순이가 먹고 싶어 하는 것, 갖고 싶어 하는 것이 있으면 하나둘 집에서 날라다 명순이한테 다 갖다 주었다.

집 뒤에 있는 산중턱 원두막이 둘만의 공간이 되어 가고 있었다. 명순이 하고는 어릴 적 소꿉놀이하면서 엄마 아빠 역할을 맡아 가면서 놀았었는데, 어엿한 고등학생이 되다 보니 원두막에 둘이 앉아 있는 것이 어쩌면 당연한 것 같으면서도 어색해져 갔다.

이제는 어릴 적 명순이가 아니었다. 더 적극적이고, 현우의 어깨에 기대어 말도 걸고, 가슴에 얼굴을 묻고 현우의 눈을 마주쳐 가며 홍조빛 미소를 자아내는가 하면, 사랑과 우정이 하루가 다르게 싹터 가고 있었다.

옅은 어둠에는 어렴풋이 원두막이 보인다. 동네 도로에서 보면 원두막에 누가 있는지 대충 알 만한 거리이다. 어둠이 짙게 깔려와도 친구들이 있는 가시골까지 갈 이유가 없어졌다. 명순이와 원두막에서 사랑을 속삭이며 둘만의 시간을 갖는 게 별을 세는 숫자만큼 행복했기 때문이다. 누가 뭐라 얘기를 꺼내지 않아도 으레 만남의 장소가 되었다.

그런데 웬일인지 현우가 코빼기도 안 보이는 것이다. 한 삼십 분을 기다려도 오지 않자, 명순이는 애가 닳아 현우네 집근처에 가서 돌멩이 하나를 주워 현우가 있는 방 지붕에 힘껏 던졌다. 스레트 지붕인데다 고요한 밤이어서 그 소리는 건너편 산 쪽으로 크게 울려 퍼져 나갔다.

현우 어머니는 놀라 문을 열고 헐레벌떡 마당으로 나오셨다. 이리저리 훑어보시고 장독대 있는 데까지 한 바퀴 돈 다음, 고개를 갸우뚱하시며 방 안으로 다시 들어가셨다. 멍청스러운 것인지 눈치가 없는 것인지, 현우는 아무런 소식이 없다.

원두막에서 조금만 기다렸다가 안 오면 들어가야지 하는 마음에 기어 올라가서 숨을 들이마시고 있는데, 현우만 한 그림자가 어둠 속을 뚫고 올라오고 있었다. 무섭기도 하고 가슴이 콩닥콩닥 뛰기도 하면서 눈을 의심하고 확인해 보니까 현우가 틀림없었다. 두 손을 깍지 끼고 현우의 어깨에 매달려 따지기 시작했다.

"왜 안 나왔어? 무서워서 혼났어."

"넌 내가 그렇게 좋으니? 이유는 어머니가 나 못 나가게 문 앞 대청마루에서 주무신다. 네가 돌멩이 던졌지? 그때 어머니가 밖에 나가시는 사이 옷을 얼른 주어 입고 나온 거다. 나 내일부터 밤에는 밖에 얼씬도 못한다."

하자, 명순이가

"그럼 우리 낮에 만나면 되지! 엄마가 내일 목욕들 해야 한다고 우물 물 많이 길어다 놓으라 했어. 오빠, 우리 같이하자. 하루라도 오빠 안 보면 죽을 것 같아. 그렇게 해줘."

동네에서 별로 의심하지는 않는다는 생각에 현우는 흔쾌히 대답했다.

그런데 현우의 마음은 사실 콩밭에 가 있었다. 명순이네 바로 옆집에 두 살 어린 수옥이 하고 명순이는 친자매처럼 지내는 사이다. 상냥하고 예쁘고 미스코리아감이다. 키가 작아서 그렇지, 마음도 착하여 명순이하고는 대조적이다. 할머니 병수발 다하고, 빨래며 집안일을 도맡아 하느라, 얼굴 한 번 보기 힘들다.

저녁에 나온다는 건 더더욱 힘들고…… 이번 기회가 수옥이를 꼬실 수 있는 좋은 기회가 찾아왔음을 직감하고, 모든 애들이 좋아하는 수옥이를 볼 거라는 생각에 현우는 하루를 보냈다.

이윽고 그 다음날, 명순이와 만나 양동이 두레박을 챙겨 가지고 우물가에 갔다.

우물이 명순이네 집하고는 약 30미터, 현우네 집까지는 50미터 정도 떨어져 있다. 우물 안을 들여다보면 나하고 똑같은 사람이 그 안에도 또 있었다. 명순이는 뭐가 그리 좋은지, 우물 속 메아리하고 얘기하며 신이 나 있다.

현우는 얼른 수옥이를 보고 싶어 두레박을 연거푸 오르내리며 양동이에 하나 가득 양팔로 실어 나르기 시작했다. 담 하나 사이로

몇 번을 수옥이와 눈을 마주쳤다. 그러자 수옥이가 얼른 대문 밖으로 나와,

"오빠 보고 싶었는데, 오빠는 멋쟁이야. 잘생겼어!"

현우는 수옥이한테 그런 말을 듣는다는 것은 꿈속에서나 있을법한 일이라고 생각했었다. 현우는 입이 귀에 걸려 힘든 줄도 모르고 물을 계속 퍼 나르기를 셀 수 없이 여러 번 했다. 명순이가 뭐라 하는 것은 귀에 들리지 않았다. 오직 수옥이 옆에 가서,

"내가 도와줄 것 없어? 수옥이 많이 힘들지? 수옥아, 할머니 많이 편찮으시지?"

명순이가 멀찌감치서 현우가 옆집 수옥이하고 밀착되어 있는 모습을 보고 같이 있는 시간을 용납할 리가 없다. 큰 목소리로 불러댄다. 둘 사이가 수상하다고 보는 것 같았다.

그럴 수밖에 없는 것이 명순이는 우물가에서 두레박질을 하며 기다리는 시간이 길어졌다. 한 번 갔다 오면 이십 분 정도 늘어지는 시간은 수옥이하고 있는 시간이었다. 물을 다 길은 후에도 현우는 수옥이 옆에 바짝 붙어 시중을 들어주는 마당쇠로 변하고 있었다. 그럴수록 명순이의 심술통은 잔뜩 늘어만 갔다.

수옥이는 잠시 할머니 수발을 들기 위해 집으로 들어갔다. 그 모습을 유심히 지켜보던 현우는 물을 길다 말고 수옥이를 따라 불편한 할머니를 수옥이와 같이 수발을 들었다.

수옥이 어머니는 밭일을 마치고 집에 돌아오셨다. 그런데 옆집에

현우와 수옥이가 예쁘게 할머니를 보살피는 걸 보고 흐뭇해 하셨다. 내심 이 다음에 짝이라도 되는 건 어떨까 하는 생각이 들었는지도 모른다.

한편 명순이는 혼자 원두막에 올라가 울기 시작했다. 현우를 친자매처럼 지낸 수옥이한테 빼앗겼다는 생각 때문이었다. 그 울분을 삭히고 눈물을 닦으며 아무 일 없었던 것처럼 내려왔다.

명순이 어머니도 밭일을 마치고 들어오셨다. 오시자마자 딸을 나무란다.

"넌 여태껏 무엇 하다 이제 들어와? 학교도 안 다니는 것이……."

듣다가 명순이도 한마디 한다.

"여태껏 목욕물 길어 놓고 한숨 돌리고 오는 거예요."

"그동안 집에서 집안일도 안 하고 빈둥거리고…… 쬐끄만 게 연애질이나 하러 쏴 다녔잖아. 일찌감치 동네 언니 있는 구로공단에 가서 기술이나 배워! 내가 내일 당장 알아봐야겠다."

현우는 수옥이 어머니한테 칭찬도 듣고, 수옥이의 따뜻한 눈빛을 안고 집으로 돌아갔다.

이제는 현우가 명순이와의 만남을 두려워하고 있다. 명순이의 질투가 하늘을 찌르고 있기 때문이다. 만난다고 해도 예전처럼은 어딘가 어색할 것 같고, 현우의 마음도 십 리 정도는 떠나 있는 듯하다.

지금 현우는 수옥이한테 모든 게 꽂혀 있다. 밝은 미소에 보조개, 따뜻한 마음씨, 계란형의 부드러운 얼굴, 옥구슬 구르는 목소리까지. 하나에서 열까지 현우의 마음속에 쏘옥 들어왔다.

수옥이도 현우를 가슴속에 품고 대하는 것은 처음. 그동안 집안 일을 하느라 바깥에는 통 나오지 못했다. 엊그제 현우한테 꽂혀 잠을 제대로 이루지 못하고 눈을 벌겋게 하고는, 현우가 학교 끝나고 올 때쯤 똥마려운 강아지마냥 대문 앞에서 서성거리길 수십 번. 하지만 허탕일 수밖에……

현우는 으레 동네 들어오는 다리 밑에서 경배, 광희, 준호, 몇 명과 함께 매일이다시피 계란말이, 어른놀이, 불꽃잔치(담배)를 치른 다음 어둠이 밀려올 때야 집으로 들어가곤 한다. 그러니 학교 안 가는 일요일에나 볼 수 있을 것 같은데, 수옥이에게는 혹독하고 지루한 시간이 흘러가고 있었다.

그렇게 며칠이 지났을까.

서울에서 직장생활 하는 동네 언니한테서 명순이에게 한 통의 편지가 날아들었다. 지금 사람을 뽑고 있으니 간단히 챙겨 가지고 올라오라는 내용이었다.

명순이는 가기만 하면 돈도 벌고, 내가 하고 싶었던 것도 할 수 있을 거란 막연한 꿈의 날개를 편다. 서울 한 번 다녀오면 서울말로 흉내 내고, 수박 겉핥기로 보고 와서는 서울을 다 아는 것 마냥 얘기하고, 어깨가 8부 등선을 타곤 했었다.

그러나 한편으로는 서울이 두렵기도 하고, 현우를 수옥이한테 빼앗기는 건 아닌지 하는 잡다한 생각에 잠겨 여기를 떠날 수 있을는지. 오늘 저녁에 현우와 오두막에서 한 번 더 만나고 싶은 마음에, 현우가 어디 있는지 찾아 나섰다. 학교에서 아직 안 온 모양이다.

옆에 달싹 붙어 있던 수옥이가 대충 내용을 곁눈으로 보고 나서는 뛸 듯이 좋아했다. 명순이는 다 안다. 수옥이가 왜 그렇게 좋아하는지를…… 명순이 없으면 자동으로 현우를 차지할 수 있어서다.

동네 언니가 보낸 편지에는 기숙사에서 먹고 자니까 하루빨리 올라오라는 말이 적혀 있었다. 그리고 이러한 내용은 어머니한테 전달되었다. 명순이 어머니는 딸이 그동안 못마땅했던 구석이 많았는지, 큰 가방에 옷부터 챙기며 내일 당장 올라가라고 몇 번을 재방송하셨다.

'이게 무슨 횡재야? 딸이 돈을 벌어 부쳐오면 쌀밥도 먹고 살림이 피면 저 어린 동생들 고등학교라도 보낼 수 있을까?'

하는 생각에 한보따리 가득 대청마루 한쪽 구석에서 가방이 주인 명순이를 빼꼼히 기다리고 있었다.

명순이는 다시 한 번 담 너머로 현우의 집을 둘러보고 원두막에서 동네 들어오는 길을 구석구석 확인했다. 학생으로 보이는 남학생 몇몇이 보였다. 한걸음에 버스가 다니는 큰길까지 나갔다.

가까이 도착해서 보니까 중학생들이었다. 어깨를 축 늘어뜨린 상태로 터덜터덜 다리 위를 지나오는데, 다리 아래에서 현우의 목소리가 들리는 것 같았다. 분명 현우임을 알 수 있었다.

다리 아래를 기웃거렸다. 아니나 다를까. 거기에는 사총사인 경배, 광호, 준호가 현우와 함께 넷이서 반딧불을 연신 구석진 곳에서 뿜어내고 있었다. 거기에는 현우가 단연 눈에 확 들어왔다.

"오빠, 거기에서 뭐해? 아줌마한테 다 일러바칠 거다! 빨리 나와. 나 내일 서울로 떠날 거야."

"왜 가는데?"

"글쎄, 얼른 나와. 할 얘기가 있어."

나머지 친구들은

"얼레리꼴레리! 너희들 사귀는구나? 그럴 줄 알았어. 그래서 현우 저 녀석이 왕 포플러 나무 있는 데를 발걸음을 안 하는구먼."

명순이는 갑자기 울먹이면서,

"오빠, 난 서울 안 갈 거야."

현우는 수옥이가 있으니까 아쉬워하지도 않는 모양새다.

"아줌마가 발 벗고 보내는 건데 내가 어찌 막을 수 있겠어. 어쩔 수 없어. 올라가서 잘하고 있어. 나도 학교 졸업하고 올라갈게."

그 말에 조금은 누그러졌다. 놀림 당할까 봐 현우가 앞에 삼사 미터 뒤에 따라가며 말을 주고받으며 집에 왔다.

"이따 원두막으로 와, 꼭!"

명순이가 신신당부하며 헤어졌다.

"알았어. 이따 봐!"

명순이는 그동안 묵었던 때를 힘껏 밀어내고 아껴두었던 원피스와 치마를 입어 보며 거울 앞에 섰다. 명순이는 제 모습에 놀라 아름다움에 갖은 폼을 다 잡아 보며 흥겨운 콧노래가 나왔다.

"서울 가서 옆집 언니마냥 돈 많이 벌어 현우를 꼭 낭군으로 만들어 놓아야지. 수옥이 넌 아직 어려."

혼잣말로 중얼거렸다.

어둠은 평야로 부터 엄습해 원두막까지 다다랐다. 한 시간을 기다렸을까. 나지막하게 부르는 소리가 들렸다. 내려오라고 손짓하는 것이 보였다.

현우는 나올 때 집으로 들어가는 개구멍을 확보해 놓았다. 사람 하나 들락날락할 수 있었다. 작년 여름에 물이 억지로 빠져나간 자리에 구멍이 생긴 후 수리를 하지 않았다. 둘은 개구멍을 통해 현우의 방에까지 골인 했다.

둘은 숨을 죽이며 이불 속으로 파고들었다. 옆방에 계신 할머니는 귀가 상당히 밝으시다. 오대독자 손주에게 무슨 일이 있을까 봐 밤낮으로 보초를 서고 계신다.

이불 속에서 명순이가 현우한테 다짐을 받는다.

"옆집 수옥이 어린데다가 순진하니까 나한테 하듯이 하면 내가 오빠 가만 안 놔둘 거야. 알았지? 나도 서울 가더라도 오빠 생각만

하고 열심히 돈 벌거야. 우리 둘을 위해. 그러니까 오빠도 공부 열심히 해서 좋은 대학에 들어가. 알았지?"

엄지손가락에 지문이 닳을 정도로 손도장과 사인을 받아낸다.

"명순이 넌 내 거야. 올라가서 한눈팔면 학교 안 다니고 쫓아갈 거야."

현우는 입에 침도 안 바르고 능청스럽게 명순이의 마음을 사로잡는다. 현우의 마음이 수옥이한테 다 가 있는 건 의심할 여지가 없다. 명순이는 눈을 감으며 자신의 입술을 현우의 입술에다 넌지시 올려놓는다.

새벽이 밝아오는 것을 아쉬워하며, 현우의 호위 아래 개구멍까지 통과. 다시 한 번 부둥켜안고 새끼손가락으로 약속하며 헤어졌다. 다음날 서울 가는 모습은 볼 수가 없었다. 학교에 등교해야 했기 때문이다.

현우는 명순이 없는 며칠은 볏 잃은 닭 마냥 기운이 없었는데, 수옥이가 느닷없이 현우를 찾아왔다. 이젠 명순이 없는 세상은 수옥이한테는 비포장이 아닌 잘 나가는 고속도로였다.

그동안 명순이의 참견과 편찮은 할머니를 보살피느라 시간이 없었는데, 앓던 이 하나가 서울로 올라갔으니 수옥이는 살아가는 재미가 솔솔, 아궁이에서 빨간 불꽃이 피어 나오고 있었다.

오빠도 볼 겸 지난번에 길어다 놓은 물도 동이 나 있어 부탁하려고 온 것이다. 현우는 수옥이한테 약속한 것도 지키고, 간절히 보고 싶었던 터라 책가방을 대청마루에 휙 던지고 수옥이의 손을 잡고 수옥이네 집으로 갔다. 큰 대야 빈 양동이마다 가득 가득 물을 채워 놓고, 수옥이와 할머니 수발도 같이했다.

그런데 할머니가 예전하고 달리 혈색이 창백해지고, 아무 말씀도 안 하시며 숨을 바깥으로 내뿜는 것이 아니고 안으로 빨려 들어가는 듯했다. 수옥이 보고 지켜보고 있으라 하고 현우는 산중턱에 있는 밭으로 달려가 수옥이 어머니에게 알렸다. 그동안 많이 쇠약해진 터라 도착하시자마자 숨을 거두시고 만 것이다.

수옥이와 눈길 한 번 건네지 못하고 집으로 돌아왔다. 현우 할머니는 우리 귀한 손자 일 부려 먹었다며 노발대발 하셨다. 상황이 상황인지라 따지러 가지 못하고 속으로 삭히고 계셨다. 동네분들한테는 이장을 통하여 알리고, 서울로 간 명순이한테는 현우가 시내에 가서 전화를 했다. 명순이는 자매처럼 늘 지낸 사이라 올라간 지 두 주일이라도 내려와야 했다.

한편으론 은근슬쩍 명순이가 일이 있어 안 왔으면 하는 마음이 호수에서 피어나는 안개처럼 피어오르고 있었다. 그렇다고 명순이가 싫은 것은 아니고, 수옥이하고 있는 시간이 더 행복했기 때문이다.

공교롭게 발인 날짜가 일요일과 겹쳐 회사일 마치고 동네 언니와 토요일 저녁에 당도했다. 눈이 마주쳤는데, 예전과 다르게 그리

반가운 것 같지 않아 보였다.

상갓집이라 많은 사람들이 오가며 일을 거들어 주고 있었다. 그 중에 현우도 한 사람이었다. 틈이 날 때마다 명순이 한 번, 수옥이를 두 번씩 훔쳐보면서 밤새 어른들 음식을 날랐다. 일요일 아침 생여 나가는 것까지만 보고 잠깐 집에 가서 조금 자다 나올 생각으로 집에 들어왔다. 조금 자고 일어났다 싶었는데, 오후 여섯 시가 다되어 불이 나게 명순이네 집으로 갔다.

하지만 동네 언니와 명순이는 이미 떠나고 없었다. 회사일이 바빠서 먼저 빨리 간 것이다. 그만 닭 쫓던 개 지붕만 쳐다본 신세가 된 현우의 발걸음은 원두막으로 향했다. 명순이와의 만남을 추억이라도 하듯 아니, 아쉬워하는지 유난히 별이 하늘에 촘촘히 수놓아져 반짝이고 있었다. 짝 잃은 기러기는 별똥별과 같이 떨어져 내려가야 했다.

그 후로 몇 개월이 흐른 후, 현수한테 최대의 고비가 생겼다. 학교 화장실에서 같은 반 친구 세 명과 담배를 피우다가 제일 무서운 학생 과장님한테 걸려 교무실로 호출된 것이다.

조금 후에 학교 한 바퀴 돈 다음 들어오셨다. 들어오자마자 담임 선생님한테 인계되었고, 유기 정학 그러니까 이 주일 동안 학교에 못 가게 되었다. 그리고는 부모님을 모셔오라고 하셨다. 현우 아버지는 엄격한데다 이런 사실을 전하면 현우는 사망이다.

다음날부터 학교에 가는 것 마냥 집에서 나와 세 명이서 공주 시내 공원에 있다가 도시락을 까먹고 어슬렁거리는 것도 며칠은 괜찮았다. 그러나 점점 비뚤어진 마음이 한구석에 가득해지기 시작했다. 세 명이 머리를 짜냈다.

"우리 이참에 서울로 가서 돈이나 벌자. 책도 사고 시간외 수업한다고 수업료도 타내면 꽤 큰돈이 되니까, 그렇게 해서 모레 아침 9시까지 터미널로 모여."

모두 합의를 하고 헤어졌다. 학교에서 부모님 모시고 오라고 했는데, 한 사람도 지키지 않았다. 담임선생님은 화가 많이 나 그 근처에 사는 학생들을 통해서 학교에 오시라고 전하라 하셨다.

세 사람 중에서 그 사실을 알게 된 사람은 현우뿐이었다. 아버지한테 수업료와 책값을 타냈다. 동네 밖을 나오기 전에 수옥이가 눈에 밟혔다.

"그래. 수옥이한테는 이 사실을 전하고 떠나야지."

하지만 만날 시간이 없어 쪽지를 수옥이 방에 던져 놓고 나왔다.

'서울에 오면 꼭 나를 찾아줘. 대길이형 있는데 가 있을 테니 아무한테도 얘기하지마. 알았지? 절대! 약속해.'

터미널 가는 버스를 타러 큰길까지 나왔다. 터미널에 도착했을 때가 오후 세 시 반이나 되었을까. 삼십 분 정도가 지체되었다. 터미널 주위를 몇 바퀴 돌아다니며 찾아도, 친구들의 모습은 보이지 않았다. 아무래도 떠나기 전에 붙들린 건 아닌지 하는 여러 생각이 들면서, 갈등하기 시작했다.

'집으로 돌아가야 하나? 아니면…… 아니야! 이왕 나온 거 서울 가서 보란 듯이 돈 벌어 떳떳하게 올라가는 게 낫겠지.'

서울 가는 버스가 들어오는데도 친구들의 그림자는 보이지 않았다. 용감하게 버스에 올라탔다. 어디에서 용기가 생겼는지, 겁 없는 배짱이 심장을 눌렀는지, 현우 자신도 자신을 모른다.

버스 타고 처음 가는 서울이라 어디에서 내려 대길이 형을 찾아가야 하는지 가는 내내 고민이었고, 처음 가는 길이라 머리가 더더욱 복잡해지면서 지루하기도 하고, 학교 친구들이며 담임선생님도 한마디씩 하면서 머리를 스쳐가고, 허리가 바짝 구부러진 할머니, 엄하신 아버지, 자상한 어머니 곁을 떠나간다고 생각하니 한쪽 눈에서부터 눈물이 볼을 타고 내렸다.

차분하게 마음을 가라앉히고 이런 잘못된 행동에 대해 어머니가 제일 속상하실 거라 생각하고 또 다짐에 다짐을 머릿속에 꼬깃꼬깃 저장했다. 용산 시외터미널까지 오는 길이 삼박사일은 된 듯했다.

여기에서 또 구로공단행 시내버스를 물어물어 갈아탔다. 도착했을 때는 이미 시간이 저녁이었다. 슬슬 배도 고프고, 지쳐 있는 몸을 조금은 추슬러야 대길이 형도 찾고 명순이도 찾을 수 있지 않은가! 포장마차가 즐비하게 나란히 정렬되어 현우를 맞이해 주었다. 어묵, 김말이, 튀김을 게 눈 감추듯 해치웠다.

이제야 눈이 제대로 자리를 잡고 공중전화 박스에 가서 전화를 걸었다. 굵직한 남성의 목소리가 전화선을 흔들며 귀에 들어왔다.

"저 현우예요."

"뭐, 현우라고? 너 어딘데?"

"서울이에요."

"네가 이 시간에 왜 서울에?"

아무튼 반가웠다.

"형 만나러 왔어. 만나서 얘기해. 주위에 뭐가 보이냐?"

주위를 빠짐없이 설명했다.

"너 거기에서 30분 정도 기다려. 회사 끝나고 바로 갈게."

수화기를 제 위치에 내려놓았다. 기다리는 시간에 명순이한테 받아 놓았던 전화번호로 걸어 보았다. 없는 전화라고 전화통 안에서 아가씨가 예쁘게 말해 주었다. 친구 중에 집에 전화 있는 집이 있었다. 그 친구한테 전화를 해보았다. 다행히 용수가 전화를 받는 게 아닌가.

"너 어떻게 된 거야?"

용수의 말을 들어보니, 터미널에서 붙잡혔다는 것이다. 아버지와 학교에 가서 반성문도 쓰고 각서까지 쓴 다음, 다음 주 월요일부터 학교에 나가는 걸로 결정되었다는 것이다. 현우만 한강에 오리알처럼 떨어진 채로 친구들과 다른 길로 가고 있었다.

키가 커 보였던 대길이 형이 그리 커 보이지 않았다. 반가웠다.

서울에서 아는 사람은 명순이하고 동네 누나 몇 안 되었다.

혼자 자취를 하는 건지 담배 냄새와 사내 냄새가 방 안에 가득 채워져 있고, 며칠 동안 갈아입었던 빨랫감이 구석구석 눈에 띄었다. 그래도 현우한테는 구세주이고 얹혀살면서 신세를 져야 하기에, 시키는 대로 다할 것을 다짐하며 방 안으로 들어갔다.

형이 물어보기도 전에 학교에서 그리고 집에서 있었던 일일이 조목조목 아뢰었다. 다 듣고 난 대길이는

"야, 현우야. 그래도 그때가 가장 좋은 때야. 학교 다닌다는 것, 그것도 고등학교를 말이야. 넌 복에 겨운 거야. 이대로 사회생활 하다 보면 절실히 깨닫고 뉘우칠 거야. 왜 그때 그랬지? 하고 말이야. 그래도 잔소리에 회초리 맞고 부모님 훈시, 선생님 훈도 아래 있었을 때가 황금기란다."

별의별 얘기를 다 해 주어도 현우의 귀에는 들어오지 않는다. 집에 다시 들어간다는 것은 두렵고, 학교 다닐 자신도 없다.

"너 술 먹을 줄은 아냐?"

물어보는 말에 현우는 귀가 번쩍했다.

"네, 알아요."

대길이는 소주 몇 병을 사 왔다. 변변치 않은 안주를 먹어 가면서 밤이 지는지 넘어가는지 모르고 먹다가 대길이가 먼저 자리에서 고꾸라지고 말았다 현우는 이제 입가심 정도밖에 안 되었는데…… 그날 몇 시간 자지 못하고 힘겹고 어수선한 하루를 보냈다.

며칠을 대길이 방에서 뒹굴다가 주변 공원에 서성거리고 있었다.
하루는 도저히 안 되겠는지,

"정말 집에 안 갈 거니?"

하고 재차 물어본다.

"네, 안가요."

"그러면 내가 사출공장에 넣어 줄 테니, 기술을 배워 봐."

하는 말에 숨쉬기도 전에 "네." 하고 화답했다. 대길이가 출근하
면 그 이후의 시간이 너무나 답답했던 것이다.

소개 받아 들어간 곳은 구로공단 내에 회사가 있는 사출공장이었
다. 걸어서 20분 정도. 처음 보는 기계라 호감도 가고 신기해서
빨리 배우고 싶었다.

어느덧 삼 개월이 흘렀는데, 좋은 소식이 들려왔다. 대길이 형한
테 수옥이한테서 전화가 걸려 왔다는 것이다.

"현우 너를 찾더라. 그래서 같이 있다고 했어. 내일 온단다."

현우는 그 말에 정신이 빠진 놈 마냥 갑자기 허둥댔다. 한동안 말
을 잇지 못했다. 내일은 오전근무만 하고 수옥이를 만나기로 했
다. 무척이나 간절히 보고 싶었던 터라 벌써부터 싱숭생숭한 마
음 감출 수 없어 혼잣말로 "앗싸!"란 말이 바깥으로 절로 나왔다.
시간은 왜 그리 안 가는지, 하루가 지루하기만 했다.

시골집에서는 아들이 어디에 가 있는지 수옥이를 통해서 아는 듯

했다. 어려운 가정형편에 가르치기가 힘들었던 터이고 말썽도 부리고 하니까 돌아온다는 것은 이미 포기한 것 같다. 그런데 손자가 보고 싶은 할머니는 생병이 나 계실지도 모른다. 수옥이를 만나면 소식을 다 들을 수 있겠지.

기다리지 않아도 시간은 흐르고 있었다. 수옥이를 기다리는 건 현우뿐만이 아니었다. 밝아 오는 아침도 수옥이를 기다리는지, 화창한 날씨에 구름 몇 점만 제자리에서 머물러 있었다.

몇 번 버스를 타고 오는지 알 수 없어 버스마다 눈도장을 찍고 있는데, 뒤에서 갑자기 "오빠!" 하며 와락 허리춤을 감싸 안았다.

오랜만에 여자의 손길에 어설픈 표정을 지으며 쑥스러워하는 현우를 수옥이는 주위를 아랑곳하지 않고 이번엔 앞에서 입에 얼굴이 닿을 정도로 끌어안았다. 두 몸은 하나가 되었다. 그때서야 현우는 멋쩍게,

"반갑다. 수옥아."

하며 은근슬쩍 떼어 놓는다.

"오빠 나 안 반가워?"

"아니야. 너 오기를 얼마나 학수고대 했는지 알아? 우리 여기서 이러지 말고 회사 근처 먹자골목으로 가자. 배고프지? 얼굴이 핼쑥해졌네."

"오빠 보고 싶어서 하루를 한 달처럼 느끼다 보니 이래 되었어. 오빠가 나 책임져."

"그런 말은 나중에 하자."

그러나 잠잘 곳이 마땅치 않았다.

"오늘은 대길이 오빠 잠깐 보고 주위 여인숙에서 묵고, 어떻게 할 것인지 생각해 보자. 전자회사나 봉제공장이 사람 모집 많이 하거든. 낮에 벽보나 게시판 보고 맘에 드는데 가서 우선 면접 받아 봐. 알았지? 그리고 네가 가져온 돈하고 내가 가지고 있는 돈으로 월세방이라도 얻어 보자."

현우의 말에 수옥이는 감동받아 순식간에 현우의 볼에 진한 키스의 정표로 벌겋게 사인했다.

"오빠, 이젠 명순이 언니 안 찾을 거지?"

확인 작업에 기다란 침을 놓는다. 언니 명순이가 늘 걸림돌이 되었던 모양이다.

일사천리로 말과 행동으로 움직이기 시작해 수옥이는 전자 회사에 입사했고, 현우는 대길이 형의 신세에서 벗어나 아무도 모르게 둘은 동거를 하게 되었다. 대길이 형마저도 둘이 동거하고 있는지 모른다.

현우는 회사 기숙사로 들어간다고 얘기를 해놓았고, 수옥이는 회사동료하고 같이 있기로 했다고 거짓말을 했다. 모두가 동네 오빠이고 동생이기 때문에 금세 소문이 나기 때문이다. 명순이가 알면 잡아먹으려고 할테니 말이다.

그렇게 동거한 지도 벌써 반년이 흐르고 있었다.

사랑이 무르익어 열매의 결실을 보기도 전에 수옥이한테 어둠의 그림자가 서서히 드리워져 오고 있었다. 평상시에 몸이 점점 무거워지는 것 같았고 어지러운 증세가 자주 괴롭히고 있었다.

그럼에도 애를 갖게 되어 산부인과를 찾았는데, 몇 가지 검사를 하더니 산모도 위험하고 애도 정상아가 되지 않을 수 있다고 했다. 그래서 애를 지우는 게 낫겠다고 조언한다.

수옥이는 몸은 안 좋았지만 현우가 오대독자라 서너 명 낳아 사랑받고 행복하게 살려고 했는데, 이게 무슨 청천벽력 같은 소리, 아닌 밤중에 홍두깨인가.

의사는 큰 병원에 가서 정밀검사를 다시 받아보라고 간곡히 당부하는 것이다. 고개를 갸우뚱, 좋지 않다는 것인지, 중한 다른 병이 있다는 것인지 도무지 말을 안 해주니 수옥이의 마음은 빛깔 잃은 낙엽처럼 힘없이 병원바닥에 주저앉았다.

회사 끝나고 번개처럼 달려온 현우는 파랗게 질려 있는 수옥이의 모습에 무언가 좋지 않은 일이 생긴 거라 생각하고 조심스레 간호사한테 가서 조용히 물어보았다. 간호사는 직접 의사 선생님한테 물어보라 하였다. 현우는 급한 마음에 수술을 끝내고 들어오신 의사에게 달려갔다.

"선생님, 우리 수옥이한테 무슨 일이 생긴 거예요?"

"제가 말씀드리는 것보다 하루빨리 큰 병원에 가셔야 돼요."

눈물 없는 현우의 눈에서 눈물이 보였다. 눈물을 훔치고 수옥이가 더 슬퍼하고 상처 받을까 봐 현우는 대범하게 수옥이의 어깨와 등을 토닥거리며,

"크게 걱정할 것은 없는데, 산부인과 병원이라 볼 수 있는 게 한정적이라서 한 번 더 큰 병원에서 검진을 재차 받음이 좋을 것 같다는 소견이래."

이 말에 조금은 위로가 되는지 집으로 돌아왔다. 수옥이는 식사도 제대로 하지 못하고 바람 앞의 촛불마냥 이불속으로 점점 깊이 파고 들어가 잠든 얼굴만 보였다. 현우는 간호사가 얼핏 한 얘기가 귀에 머물러 집에 오는 내내 시달리고 수옥이 옆에서 하얀 밤을 새웠다.

'혈액암? 그것이 어떤 병이지? 왜 생기는 것이지? 수옥이가⋯⋯ 그런 병이 아닐 거야. 오진일 수도 있어. 의사 선생님도 확실치 않으니까 큰 병원에 가 보라고 한 것이겠지. 간호사가 다른 사람 얘기를 잘못 말한 것이겠지.'

현우는 머리를 두 손으로 잡아당기며 뜯어냈다.

뜬 눈으로 아침 일찍 구로에 있는 대학병원에 수옥이를 데려다 주고 회사에 출근했다. 수옥이가 검사를 받는 동안 현우는 회사 주위에 나이 드신 어른한테 물어도 보고, 틈나는 시간에 인근 조그만 병원에 가서 혈액암에 대한 자료가 있는지 들춰보면서 수옥이한테 전화가 오기를 목이 빠지게 기다렸다.

전화가 걸려왔다. 힘겨운 말 한마디.

"입원수속 밟으래요."

심상치 않다는 것을 직감할 수 있었다.

"병원에서 하라는 대로 해. 병원비 걱정하지 마. 알았지?"

매일 아침저녁으로 수옥이의 상태를 확인해야만 마음을 다스릴 수 있었고, 서로를 확인하며 사랑은 깊어만 갔다.

병명은 혈액암. 일주일에 한 번씩 투석과정을 받아야 했고, 한 달에 한 번씩 항암치료를 받는 고통이 수옥이를 정신적으로 육체적으로 더욱 쇠약하게 만들어 가고 있었다.

그렇게 하기를 몇 달. 병원비는 필수의 통장을 거덜 나게 하고, 부족해 대출받아서까지 수옥이의 병원비를 감당하기에 이르렀다.

이런 사실을 눈치 챈 수옥이는 더 이상 현우를 힘들게 하지 않으려고 고민을 하더니 마음을 먹고 굳게 다짐한다.

'이번만 치료 받고 퇴원해서, 통원치료 받게 되면 시골 어머니나 언니한테로 가서 치료 받아야지.'

현우한테 투정을 부리고 나약한 모습을 보여 주는 날이 점점 늘어만 가는 자신이 싫어졌고, 이제는 오빠를 붙들지 말아야 하겠다는 생각이 들었다. 좋은 사람 만나 잘살아 주는 것이 수옥이를 도와주는 것이다.

벌써 시골에서 떠나 와 같이 있었던 것도 2년이란 세월이 흘러갔고, 정과 사랑이 들 만큼 들었는데, 헤어진다는 것은 현우는 꿈도 꾸지 않았을 것이다. 많은 아픔이 가슴을 도려내고 있었다.

그동안 어떻게 살고 있는지 연락도 하지 않았던 옆집 명순이 언니를 수소문 끝에 찾게 되었다. 언니는 반갑게 전화를 받았다.

"이 계집애야! 너 그렇게 무심했던 애였냐? 나쁜 계집애. 여기 수원이야. 한번 와라. 와서 형부도 보고, 우리 지민이도 보고 해라."

수옥은 현우와 있었던 것을 추호도 발설할 수 없었다. 병원에서 퇴원해 집으로 돌아왔다. 현우는 잔업하고 늦게나 온다고 했다. 수옥은 눈물로 편지를 썼다.

'오빠, 수옥이는 이 세상에 없다고 생각해. 혹 생각나거든 한때 혜성처럼 나타났다가 별처럼 사라진 여인이라고 생각하고, 시골에도 안 갈 것이니 연락도 하지 마. 오빠와 나를 위해서 선택하는 거야. 미안해.'

다 써 놓고 생각해 보니, 다다음주에 또 한 번 입원해서 치료를 받아야 했다. 이번에 치료 받고 결심한 대로 해야겠다고 수옥이는 굳게 다짐한다.

세 번째 입원해서 약물치료 받고 날이다.

현우는 일하면서도 병원으로 두세 차례 전화를 해서 수옥이의 상태를 확인하는 것도 하루 일과였다. 퇴원하는 수옥이를 반갑게 맞이하고 싶었는데, 오늘따라 바빠서 야근을 하게 되는 게 무척 아쉬웠다.

발바닥에 불이 날 정도로 집으로 달려온 현우는 방 안이 휑한 분위기와 방 한가운데 한상의 식사와 편지 한 통이 눈에 맺혔다. 퇴원해서 와 있을 수옥이는 안 보이고 적막만이 공간을 가득 채우고 있었다.

들어서자마자 편지부터 읽어 내려갔다. 그 자리에 털썩 주저앉았다.

'병원에서 몇 달 못 산다고 한 말이 수옥한테까지 전해졌나? 그래서 어디 가서 혼자 산다고 나간 거야. 이 바보스런 짓을…… 수옥이가 제정신이 아니구나. 혹 우발적인 행동으로 생을 마감하려고 하는 건 아니겠지?'

별의별 생각이 오유 월 개 떨듯이 머릿속에서 흔들리고 있었다.

갈 만한 주소나 전화번호를 뒤지기 시작했다. 딱히 대길이 형 아는 곳이라곤 회사 친구들뿐인데…….

바깥에 나가 소주를 너덧 병을 사 와 안주는 김치에 마음을 달래려 애쓰는 모습이 너무나 가련하다. 빈 술병과 현우가 둥근 쟁반 옆에 머리를 묻은 채 쓰러졌다.

자나 깨나 수옥이 생각. 시간 나면 옆구리에 술을 차고 아무도 없는 데서 병째로 술을 마시며 일하고, 집에 들어갈 때도 술을 사 가지고 들어간다. 회사 출근도 지각이 잦아진다. 가끔 술을 주거니 받거니 하는 동갑내기 술친구인 회사동료 종기가 있다. 객지에 나와 사귄 친구로, 마음이 제법 잘 통하다가도 말씨름을 자주

했다. 하지만 싸우지는 않았다.

술에 의존해 며칠이 흐르고 몇 달이 지나면서 모든 것들이 추억 속으로 묻히고 있었다. 현우의 몸은 시간이 흐를수록 쇠꼬챙이 마냥 말라가고 밥 대신 술에 의존하면서 위쪽에 염증이 찾아왔다. 현우는 대수롭게 생각하고 몸을 술에 담그다시피 했다.

결국 현우는 회사에 나가지 못하고 집에서 쓰러지고 말았다.

수옥이는 현우와의 인연을 같이했던 보금자리를 눈물로 작별하고 떠나면서 수십 번을 뒤돌아보았다.

구로에서 수원행 버스를 타고 명순이 언니가 사는 세류동에 도착한 시간은 오후 5시. 병원에서 먹은 것도 없는데다 여태껏 물 한 모금도 넘기지 못한 상태라 몰골이 말이 아니었음을 지레짐작할 수 있다.

명순이는 동생 수옥이를 한눈에 알아차리지 못하고 멈칫하며, 너 수옥이냐며 재차 묻는다. 수옥이는 속상했다. 언니까지 잘 몰라 보다니……. 언니를 끌어안고 그동안 참았던 눈물까지 어깨를 들썩이며 울음을 터뜨렸다.

명순이는 모든 것이 어리둥절했다. 수옥이의 손을 잡아당기며 집 안에 들어앉히고 수옥이를 아래위로 훑어보며 얘기를 꺼냈다.

"네가 많이 아파 보이는구나. 그동안 고생을 많이 했구나. 그래, 뭐 때문에 우리 수옥이가 이렇게 된 거야? 어디에서 무엇을 하고 지냈니? 왜 시골집에는 안 온 거야."

속이 상할 대로 상한 명순이는 수옥이한테 말할 틈도 주지 않았다. 명순이가 한숨 돌리고 있을 때, 수옥이가 힘든 목소리로 말문을 열었다.

"언니, 미안해. 내가 안 좋은 병에 걸렸어. 전자회사 3교대하고 몸이 안 좋아도 잔업이다, 특근이다, 돈 벌 욕심에 그때 너무 무리했나 봐."

수옥의 눈에서 여름에 장맛비 쏟아지듯 눈물이 흘러내리고 있었다.

"그만하고 나중에 서서히 얘기하자. 배고프지?"

이제야 아픈 마음, 고달팠던 설움을 식탁 밑에 내려놓고 몇 가지 안 되는 반찬과 대충 식사를 마쳤다. 수옥이는 그때서야

"형부는 어디 갔어? 조카 예쁘네. 이름이 뭐야?"

이제는 언니가 살아온 모든 것이 궁금했다.

"현우 하고 헤어져 서울에 무작정 돈 벌러 왔을 때 지금 형부 아니었으면 힘들게 살았을 거야. 봉제공장 다닐 때 버스정류장에서 자주 부탁트리며 얼굴을 익히게 되었지. 하루는 형부가 말을 걸어오는 거야. 처음에는 현우랑 약속한 것도 있고 해서 말을 아예 섞지도 않았어. 형부는 그러거나 말거나 때로는 쪽지로, 때로는 조그만 꽃다발을 주면서 한 번 만나자고 애원하는 거야. 그래서 죽은 사람 소원도 들어준다는데 산사람 소원 못 들어줄 게 무엇이 있겠어. 정류장 근처 빵집에서 만났지. 형부도 객지에 나와 쉽게

일할 수 있는 건설업체 일용직을 다녔는데, 일당도 좋고 벌이가 괜찮아 열심히 일했대. 그러다가 사장 눈에 띄어서 노무자에서 관리자로 현장에 나가 직접 관리자로 일하게 되었고. 이 집을 그때 마련한 거야. 참 형부는 술 빼놓고는 흠 잡을 데가 없는 사람이야. 나는 외롭고 아는 사람도 없고 누구한테도 이런 사랑을 받아 본 적이 없었지. 간단히 사진관에 가서 사진을 찍은 것으로 결혼을 대신하고, 우리 준현이도 낳았지. 현우한테는 이런 사실 얘기하지 마. 알았지?"

현우가 요즈음 많이 괴로워하고 있는 것을 아는 종기는 현우가 걱정이 되어 자주 집에 들렸다.

그런데 이게 웬일인가! 빈 소주병이 나뒹굴고, 그 옆에 쓰러져 있는 게 아닌가. 머리에 피가 묻어 있고 주먹에도 피가 나 있었다. 심상치 않다는 생각에 병원에 가자고 들춰 업었다. 그 와중에도 안 간다고 생고집을 부리는 것이다. 등에서 뿌리치니 축 늘어진 몸을 종기도 감당하기 어려웠다. 다시 내려놓고 119로 전화를 해서 도움을 요청해 가까운 병원으로 옮겨 놓고 나서 회사로 출근했다.

점심시간이 다 되어 어느 한 여인이 현우를 찾아왔다. 그 여인은 옆 회사 경리인 연희라는 예쁘장하고 얼굴이 둥근 깜찍스러운 아가씨이다. 출퇴근 방향이 거의 같다 보니 버스 안에서 자주 보게

되고 얼굴도 익히면서 인사를 주고 나눴고, 한번은 연희와 식사

까지 하면서 급속도로 친해져 가고 있던 터였다.

현우가 보이지 않자 궁금해서 찾아와 종기한테 자세한 얘기를 듣

고 갔다. 연희는 퇴근하면서 현우가 있는 병원을 찾아갔다. 현우

는 연희를 보자 소스라치게 놀라며,

"여기에 어떻게 알고 왔어요? 피곤할 텐데 얼른 집으로 가서 쉬

세요."

창피해서 어떠한 말도 할 수 없었고, 한 번 만나 식사한 것뿐인데

너무 부담스러웠다. 종기가 너무 미웠다.

'이런 모습을 보여 주다니……'

속으로 중얼거렸다.

연희는 연일 간호사한테 물어보고 도와줘야 할 일이 무엇인지 찾

고 있었다. 한시도 입원실을 떠나지 않고, 물도 떠다 주고 휴지나

수건 등 필요하다고 생각되는 것을 옆에다 챙겨 놓고서도 갈 생각

을 안 하고 있었다.

현우는 입버릇처럼 반복해서 집에 가라고 노래를 부른다. 아무래

도 연희는 현우에게 한눈에 반한 것 같다. 키도 훤칠한데다 미남

형, 목소리도 한 몫 한다. 여자 앞에선 유머러스한 얘기도 잘하다

보니, 오늘도 아프면서도 재미난 농담으로 웃음을 준다.

담당의사가 들어왔다.

"현우님 염증이 심한 편이라 일단 수술해 봐야 알아요. 수술날짜

잡아 알려 드릴게요.”

한마디 던져 놓고 나간다. 연희는 현우한테

“위에 염증이 심하지만 수술하면 괜찮대요.”

하고 위로를 한다. 이어서

“내가 회사 끝나는 대로 여기로 올 테니 걱정 마세요.”

하고 덧붙이며 병원 문을 나선다.

현우가 병원에 있는 사이, 수옥이는 일주일에 두 번씩 투석을 해왔고, 그때보다 더욱 야위어 걷지도 못하고 병원 갈 때도 슈퍼아저씨가 업어서 차에 태우고 병원까지 매번 신세를 졌다.

세상에서 제일 고마운 분이시다. 친척도 가족도 힘들어 하는 것을……. 하늘이 내려준 슈퍼천사이다. 그 주위에 사는 분들은 그 집 물건을 팔아준다. 물건을 찾으러 슈퍼로, 맡길 때도 슈퍼로, 슈퍼는 동네 택배 우체국이다.

수옥이는 아프지 않았을 때 원두막에서 가끔 현우 등에 업혀 놀기도 하고 우물가를 빙빙 돌며 따라잡기를 하던 추억과 그리움이 가슴속에서 되살아나고 있었다. 조금이라도 나아서 내 발로 걸어서 오빠를 만나러 가고, 내 손으로 따뜻한 밥 지어 맛있게 먹는 모습을 보는 게 소원이다.

수옥이는 위로 언니가 없다. 아무래도 친언니가 아니라서 눈치가 더 보인다. 형부가 하는 건축사업이 불경기인데다 있는 돈하고 대출을 받아 고급주택 몇 채를 다 지어갈 무렵, 중간 브로커들이 입주금을 챙겨 도망가는 바람에 많은 부채를 떠안게 되었다. 그때부터 건설현장에 안 나가고 집에서 언니하고 고성이 오가고 싸움이 잦아졌다.

결국에 생각해 낸 것이 이혼하는 걸로 해서 위자료로 집 한 채와 삼천만 원 생활비를 주는 걸로 위장이혼을 선택하기로 하고, 법원에 가서 수속을 밟았다. 나머지 아파트 두 채로 빚을 감당하기로 하고, 말대로 실천했다.

형부는 부산으로 내려가 아파트 건설현장에서 다시 시작하기로 하고 내려갔다. 그러나 그 뒤로 집으로 전화도 안 오고 소식을 알 길이 없었다.

몇 개월이 흐른 뒤에 건설업에 종사하는 사람들을 통해 들려오는 얘기가 살림을 차려 살고 있다는 것이었다. 명순이는 그 소식을 접하고 준현이를 데리고 수원에서 부산행 버스를 타고 내려갔다. H회사란 말만 듣고 찾아갔지만 찾을 길이 막막했다.

막상 찾아도 그쪽에서 재혼신고 해 놓았으면 방법이 없을 것 같아 어쩔 수 없이 돌아오고 말았다. 이제 찾아봐야 무슨 소용이 있겠는가. 수옥이가 비록 아프지만, 가끔은 반대로 명순이를 위로해 줄 때도 있었다.

이제야 수옥이는 언니 곁을 떠나야겠다고 생각하고 시골에 계신 어머니를 올라오시라 해서 쌈지막한 월세방이라도 얻어 같이 지내자고 부탁하기에 이르렀다. 연세는 필순에 가깝지만 옆에서 수옥이를 보살펴 줄 정도로 건강하시다. 어머니가 흔쾌히 승낙하셨다.

수옥이는 병원에서 진단하기를 몇 개월 못 산다고 했지만, 오직 현우 오빠를 생각해서라도 꼭 이겨 낼 거라고 다짐에 다짐을 거듭했다. 수옥은 가볍고 떨리는 손으로 주먹을 자주 불끈 쥐어 본다. 언니네 집에서 얼마 안 떨어진 곳, 영통으로 방을 얻어 이사를 했다.

현우는 이런 마음을 아는지 모르는지…….

현우도 수술을 무사히 끝나고 수술이 잘되었다고 하면서 의사 선생님이 말을 꺼낸다.

"현우님 이제 술은 입에 대면 절대 안 됩니다."

라며 신신당부했다. 연희의 정성스런 간호에 더 빨리 호조되었는지도 모른다.

일주일 정도 지났을까. 다 나은 것 같이 홀가분했다. 또 술이 생각나는 것이다. 그 발로 슈퍼로 달려갔다. 그리고 단숨에 술 몇 병을 해치웠다.

결국 며칠 지나서 재발이 났다. 정신 못 차릴 정도의 크나큰 통증이 현우를 덮치고 말았다. 연희가 병원으로 옮겨 놓고, 그 뒤로는 현우에 대한 모든 것을 포기한 듯하다.

재수술을 받은 현우는 술을 끊어 건강한 모습으로 돌아왔다. 다행히 전에 다녔던 회사에서 현우를 불렀다. 회사에서 나와 달라고 한 것이다. 현우도 몇 번이고 고맙다는 인사를 했다. 회사에서도 현우의 기술을 인정하고 있었다.

2008년 한겨울. 몹시도 추웠다.
대길이 어머니가 돌아가셨다. 모두가 이웃사촌이고 가깝게 지낸 사이들이라 애사 때는 모두들 만날 수 있는 자리가 된다. 이 소식을 접수한 명순이는 버스를 타고 내려갔고, 현우는 대길이 형 회사로 가서 회사 사람들과 같이 내려갔다. 수옥이는 불편한 몸이라 마음만은 굴뚝같지만 어쩔 수 없이 기도로 대신할 수밖에 없었다.
동네 어른들은 객지 갔다 내려온 사람들과 인사하고 분주히 손님들 상을 보고 있는데, 누군가 현우의 뒤에서 슬며시 허리를 껴안는 것이다. 명순이었다. 몇 년 만인가. 명순이가 여기에 온 것은 현우를 보고 싶어 온 것이었다. 말의 첫마디가
"오빠, 결혼했어요?"
"나 아직 안 했어. 너 기다리다 보니까."
라고 응답했다. 명순이는 현우의 손을 끌어당기며 원두막으로 향했다. 옛날에 둘만의 공간 살림살이 놀이했던 사랑의 눈빛, 마음이 내통했던 그 추억의 자리. 한 몸이 되어 뒹굴고 포개져 입맞춤했던 그 원두막. 이 원두막이 없었더라면…….

총총히 밤하늘에 수놓아 밝혀 주던 그 별자리들이 지금도 우리 둘의 만남을 만들어 주고 있었다. 대길이 형 어머니가 하늘에서 우리 둘의 주례를 보며 잘살아 가라고 하는 것만 같았다. 그렇게 밤은 깊어만 가고, 대길이 어머니 가시는 길을 기도해 드리며 현우와 명순이는 며칠 내로 수원에서 만나기로 하고 올라갔다.

수옥이는 누워 있으면서도 '현우 오빠를 꿈속에서라도 보았으면……' 하고 기도를 빼놓지 않는다. 이번에 시골에 갔을 텐데 말이다. 한편으론 이 초라한 모습을 보여 주긴 싫고, 마음이 늘 안절부절 못한다.

한편, 현우와 명순이는 일주일이 멀다하고 자주 만나 알콩달콩 사랑의 콩나물을 키우며 살아가고 있다. 명순이는 현우의 건강을 생각하며 오늘도 담배를 끊으라고 한 통의 전화를 한다. 현우는 명순이가 시키는 것은 다 할 모양새다.

아직도 수옥이의 마음 한구석에는 현우의 모습이 묵직하게 자리하고 있다. 수옥이에게 현우를 잊기에는 시간이 짧기만 하다.

2부

색깔있는 삶의 이야기

고급 노동자

세상은 돈이 있으면 해결할 수 있는 사회로 탈바꿈하고 있다.

어느 대학 교수가 하루 종일 강단에 서서 학생들을 교육시키다 보니 허리와 다리가 아프단다. 저녁에 집으로 곧장 가는 길을 잊어버린 채 네온사인 휘황하게 내려앉은 거리를 그냥 지나가기엔 왠지 서운하다.

다리에 근육이 뭉치고 허리가 아프다는 핑계로 들르는 단골이 있다. 경락 마사지에 신나게 몸을 맡기고, 2차로 늘씬하게 빠진 여인네에게 또 한 번 들른다. 비로소 그 교수의 몸을 정상적인 위치로 되돌려 놓았다. 그러고서야 늦게 집으로 귀가한다.

집에서 사모님이 문 앞에서 대기하고 있다가 몇 권의 책과 논문이 들어 있는 가방을 건네받는다.

"수고하셨어요."

교수님 사모님이신 만큼 그 위치에 맞춰 말과 행동이 조심스러워

진다. 사모님은 깔끔하게 집안 청소와 정리정돈은 기본이고, 여체를 드러내는 잠옷으로 갈아입고 조심스레 침실로 유도한다. 이미 바깥에서 해결을 다 하고 들어온 상태라 사모님까지 책임질 여력이 남아 있지 않아,

"이 몸 천근만근이니까 건드리지 마세요."

사모님의 행동에 제동을 걸고 아무 죄책감 없이 잠을 늘어지게 잔다.

'여태껏 맞이하기 위해 머리에서부터 발끝가지 청소했거늘. 이게 뭐람?'

잠자는 그대 옆에서 장딴지 꼬집으며 지치다 몸을 눕히기 여러차례 언젠가는 대형사고 치를 듯 싶다.

직원이 몇 천 명 되는 대기업의 중견간부.

사무실에 앉아 오직 펜대만 여기저기 굴리고 심심할 때는 농담반 진담반 직원들과 음담패설도 하고, 가끔 여직원한테 두세 번 커피 심부름이나 서류발송을 시키다가, 퇴근할 시간에 어슬렁어슬렁 회사 문을 나온다.

몸도 찌뿌듯하고 남아도는 것이 시간인지라 다람쥐 쳇바퀴 돌 듯 들르는 곳이 있다. 2차에 가기 위해 1차 코스는 으레 밟고 가야 할 터. 1차는 대충하라 하고, 기다려지는 2차에서 몸을 맡긴다.

마음 충족을 다하고 집 현관문에 들어설 때는 대단한 업무에 시달

리고 영업상 고객 만나는 걸로 늘 늦는 것이 일상화되어 있어, 사
모님도 당연한 걸로 이해하고 있다.

들어오는 서방님을 수고했다고 한쪽 어깨를 부축해 소파에 모셔
앉힌다.

"꿀물을 대령할까요? 아니면 주스를 대령할까요?"

소파 뒤로 가서 어깨를 주물러 주고 있다. 그럼 능청스럽게,

"시원하다. 우리 마누라 최고여!"

하며 띄워 준다.

사모님이 이때나 저때나 기다림 속에, 또 기대 속에 침실을 사랑
할 수 있는 예술로 꾸며 놓고 서방님을 안내한다. 하지만 번번이
연애는 퇴짜를 놓는다.

"정신적인 스트레스에 아무 생각이 없으니 가만히 놔 주시게."

사모님은 더럽고 치사해서 언젠가는 폭발하고 말 것임은 불 보듯
뻔하다.

중소기업에 다니는 사십대 후반 과장님이시다. 일하는 것에 비해
월급이 그렇게 많지 않다. 스트레스 받는 걸로 따지면 두 배로 받아
도 시원치 않다.

퇴근하게 되면 최종 종착역이 집이긴 하지만, 집에 들어가는 것
을 두려워한다. 두세 시간, 많게는 네다섯 시간을 호프집 아니면
포장마차에서 보낸다.

집에 들어가도 스트레스를 또 받는다. 마누라한테 바가지를 긁히기 때문이다. 그럴 수밖에. 적당한 봉급에 애들이 고만고만, 중학교 · 고등학교 들어갈 돈이 주렁주렁 애매하게 버겁다. 자녀들한테 가장 신경 써 줘야 할 시기이고, 지원해 주는 만큼 눈에 띄게 발전하는 시기이기도 하다.

여러 가지로 힘든 고 과장은 술에 의존하고 술집으로 향한다. 일단 술에 맡기고 모든 것을 잃으려 한다. 술에 취해 집 앞에 까지는 잘 간다. 집 근처의 공원 벤치가 2차로 쉬어 가는 정거장이다. 본인도 모르게 잠들기도 한다. 그래서 사모님은 늦게 오는 날에는 으레 공원에 있을 거라 태연하다.

때로는 지나가는 사람들의 행동을 살펴 잘못된 행동이나 버릇을 고쳐 준다고 접근해, 시비가 붙어 얼굴을 상처 낼 때도, 혹은 밤하늘의 별을 보며 아침을 맞이할 때도 있다. 그러나 직장은 고 과장에게는 신의 직장이라 믿으며, 한 번도 결근하거나 지각한 적 없는 훌륭한 고급 노동자이다.

애마부인이 아니고 애마 택시를 몰고 어떤 때는 새벽, 때로는 오후에 시내로 일하러 나가는 개인택시 하는 노동자이다. 눈치 하나는 빠를 수밖에……. 길가에 서 있는 행태를 보고 손님인가 아닌가를 한눈에 알아맞힌다. 그 판단이 빨라야 손님을 한 명이라도 더 태우고, 영업 실적이 올라간다. 고로 집에 들어가 마누라한테 대우를 받을 수 있다.

개인택시 하시는 분들은 인생 상담사이다. 여러 손님들을 통해서 보고 듣고 체험한 것이 많아 축적된 노하우로 손님을 모시는 내내 상담사, 아니면 들어주는 청취자가 된다. 재미있는 공간을 만든다. 어떤 때는 대화의 필요성을 더 느껴 목적지에서 내리기가 싫을 때도 있다.

또 사회의 한 구성원으로 사랑을 전하는 전도사이기도 하다. 근무가 없는 날에는 현란한 수신호와 호루라기로 교통을 평정하는 교통관리자로, 독거노인 몸이 불편한 사람이나 긴급한 산모 등 동네방네 심부름을 잘하는 도우미로 25시도 부족하다.

그리고 가정에 들어서는 남편. 아버지로서의 점수는 낮다. 대화의 시간도 없거니와 바깥 생활에서 기를 다 빼앗겨 피로에 만취상태. 집에 들어서자마자 실신상태다.

영업하는 택시 기시님들은 복잡한 교통 환경과 개성이 다양한 사람들 속에서 신경이 날카로워지고, 많은 스트레스를 받는다. 오늘도 그 환경 속에서 페달을 굳게 밟는다.

삼각 김밥차는 천사였다

큰길에 도착했을 때는 새벽 4시~5시 정도 된 것 같다. 이따금씩 승용차만 지나칠 뿐 주위는 스산하고, 적막만이 어둠을 서서히 걷어 내고 있었다. 차가 지나칠 때마다 축 늘어진 팔을 들어 올리는 것도 힘이 부칠 정도로 지쳐 있었다.

출발지였던 수원으로 돌아가기 위해서였다. 부단한 노력으로 승용차를 한 열 대 정도 지나친 뒤에 천사가 양 볼에 불을 켜고 앞에 멈춰섰다. 허름한 1톤 트럭. 새벽에 대학가와 편의점에 김밥을 만들어 배송하는 그 사람은 천사였다.

무척이나 고마운 마음에 담뱃값이라도 전했더니, 수원 가는 길에 혼자가 아니고 같이 가게 된 것이 더 고맙다며 이것도 하나의 인연이 아니겠느냐고 하신다. 그날은 천사를 생각하며 배고프고 추위에 떨었던 뒤에 국밥을 뜨거운 눈물로 삼키고 하루를 깊게 고민하게 되었다.

머리에 머리카락이 생긴 이후 천사를 처음 보았다.

처음으로 시작하는 대리운전. 수원역 근처에서 출발점이 되어 첫 고객을 맞아 가는 곳은 그 당시에 사건 사고가 많이 난 칠성 중의 하나인 별이름과도 같았다.

어둠은 한밤중에 이르렀고, 날씨마저 한 겨울의 모습을 다 보여 주는 매서운 날씨. 대리운전은 그곳으로 향하고, 그곳에서도 산골로 한참은 들어가 손님을 모셔다 드리고 어둠과 동반자가 되어 들어간 길을 이제는 걸어 나와야 하는데, 막막 그대로였다.

눈보라가 휘날리는 노래가사의 한 대목. 별도 달도 없는 무법천지. 한 치 앞도 잘 안 보일 정도로 어둠이 어둠을 삼킨 듯한 캄캄한 밤. 영하 10여 도를 넘나들고 있었다.

산속이라 무섭기도 하고, 바람소리 휘저으며 휘파람 소리하며, 온갖 소리가 들려오는 것을 무시하려는 듯 기도하며 한 사십 분을 걸어 차가 다니는 큰길로 나왔다. 마음속으로 '오호, 쾌재라!' 외쳤다. 추운 날씨인데 몸은 달아올랐다. 너무 긴장해서 그랬으리라. 가장 힘들 때 가장 어려움이 닥친다고 그랬나.

큰길까지 나오면서 인생이 무엇인가 발을 옮길 때마다 절실히 생각하게 되었다.

알은 병아리로 태어나고 싶어 한다

어릴 적 아버지가 알을 잘 품는 닭한테 알을 품으라고 좋은 안방 보금자리에 튼실해 보이는 알만 골라 넣어 주면, 큰 벼슬이라도 한 것 마냥 꾹꾹대며 대장 마님 노릇을 하였다.

모든 정성을 쏟기 시작한다. 몇 번 자리를 뜨기도 하지만, 주위 눈치도 보고 도둑이 있나 살피고…… 피곤해지기 시작한다.

도와주는 이가 아무도 없다.

날개로 어느 공간도 틈새도 용납되지 않는다. 보온처리, 즉 일정한 온도를 유지하기 위해 부리로 몸에 있는 털을 잘 정리하며 깔끔을 떤다.

며칠이 흘렀을까. 껍데기로부터 서서히 틈새가 보이고 열리기 시작한다.

튼실해 보였던 알 중에서도 어떤 것은 깜깜 무소식. 똑같은 모습이었지만 결과는 생명을 얻고 못 얻는 운명이 시작된다.

처음부터 가는 길이 이렇게 다를 수가! 처음은 똑같아 보여도, 환경 · 주위 · 여건에 따라 너무나 다른 길을 걷게 되는 걸.